रहस्यमय यात्रा

राज ऋषि शर्मा

रहस्यमय यात्रा

राज ऋषि शर्मा

राजर्षि प्रकाशन
नागवनी रोड, जम्मू

राजर्षि प्रकाशन

नागवनी रोड, जम्मू

First Edition, 2023
Price: Rs.199.00

राज ऋषि शर्मा

रहस्यमय यात्रा

अंधेरी रात हो। किसी भी प्रकार के प्रकाश का कहीं नाम निशाँ भी ना हो, ऐसे में कहीं जाना पड़े, तो मन पर भय का छा जाना स्वाभाविक ही है। विशेषतया मेरे जैसे डरपोक युवक के लिए तो बहुत ही कठिन होता है, जो कि दिन में अपनी परछायी से भी भयभीत हो जाता हो। मुझे यह कहने में कतई भी संकोच नहीं कि यदि मुझे किसी अँधेरे स्थान में जाना हो तो मेरे लिए बहुत ही कठिन हो जाता है। वैसे मैं अपने आप को डरपोक कहलाया जाना क़तई भी पसंद नहीं करता, किन्तु जो सच्चाई है, उसे अस्वीकार भी तो नहीं किया जा सकता। इसलिए विवशतावश ही सही जब मैं इस कहानी का एक पात्र बन ही गया हूँ तो मुझे यह स्वीकार करना ही पड़ेगा कि मुझे भय बहुत ही लगता है।

कोई चाहे अपने आप को कितना भी निडर क्यों ना समझता हो, किन्तु मैं तो समझता हूँ कि यदि उसका भी कुछ ऐसी ही परिस्थितियों से सामना हुआ हो तो, उसकी सात पीढ़ियां भी अंधेरे के नाम से ही डरने लगेंगी। मैं तो स्पष्ट कहता हूँ कि मुझे तो अँधेरे के नाम से ही बहुत डर लगता है। अँधेरे में घर से बाहर जाना तो दूर की बात, यदि मुझे अँधेरे में घर में ही एक कमरे से दूसरे कमरे में जाने के लिए भी कहा जाए तो मैं कांपने लगता हूँ। भगवान ना करे मुझे कभी अकेले में कहीं सोना पड़े तो मेरे विचार से वो मेरी अन्तिम रात्री ही होगी। कभी कभी तो मैं अपने साथ बीती हुई उस घटना को स्मरण करता हूँ तो मैं तो दिन के समय भी,

एकांत में जाने से बहुत ही डर लगने लगता है।

मैं तो भगवान से सदैव ही इस बात की दुआ करता हूँ कि जिस प्रकार के हालत से मैं दो चार हुआ हूँ, कोई दूसरा न हो। उसे अपनी बहादुरी का जितना भी भ्रम बना रहे, उतना ही अच्छा है।

वास्तव में ऐसा यूं ही नहीं है। इसके पीछे एक लम्बी कहानी है। बहुत ही रहस्यपूर्ण व भयावह ! उसे याद करते ही मेरी रुह काँप जाती है। मेरे अंदर कंपकंपी सी दौड़ जाती है। यदि आप इसे सुनेंगे तो आप भी मेरी ही भाँती, रात के अँधेरे की बात छोडो, दिन में भी किसी एकांत स्थान पर जाने से डरने लग जाएंगे। मैं दावे के साथ कह सकता हूँ कि आपकी सारी बहादुरी तत्क्षण ही हवा हो जाएगी।

(1)

वो भी कुछ ऐसे ही रात्रि थी। शायद अमावस की। चारों ओर बहुत ही गहरा अंधकार था। मैं तो घर में कमरें के भीतर ही था। परिवार के अन्य सदस्य भी घर में ही उपस्थित थे। अब चाहे मैं कितना भी डरपोक रहा हूँ पर इस का घर वालों को थोड़ा ही पता था कि मैं कितना डरपोक हूँ। उनकी दृष्टि में तो मैं बहुत ही निडर युवा था। क्योंकि ऐसा ही मैं समय समय पर दर्शाने का प्रयास भी तो करता रहता था। चारों ओर घनघोर अँधेरा ! मेरा ध्यान उस समय बाहर बहती हुई हवाओं की स्वर लहरी की ओर था, जिसके साथ कभी कभी झींगुरों का स्वर भी सुनाई दे रहा था। बरसात का मौसम और हल्की हल्की ठंड ! इस सब से ऊपर बिजली भी गुल। कुल मिलाकर बहुत ही रहस्यमय सा वातावरण था।

घर के सभी सदस्य इधर उधर की बातें कर रहे थे। किन्तु मेरा ध्यान उनकी बातों की अपेक्षा आज दिन को थिएटर में देखी हुई एक भयावनी फिल्म की ओर था। जिसमें कुछ दृश्य ऐसे भी थे जिन्हें देखते समय मैं कांप गया था। हालांकि जैसा कि मैंने पहले ही अपने विषय में बता दिया है कि मैं थोड़ा डरपोक प्रवृति का युवक हूँ, किन्तु इसके उपरांत भी मुझे भयावनी कहानियां पढ़ने एवं भयावनी फिल्में देखने की बहुत रुचि है। इसी कारण मैं उस समय उसी फिल्म के कुछ दृश्यों के विषय में ही सोच रहा था। ठीक उसी समय हमारे ऊपर के कमरे में कुछ आवाज सुनाई दी। सहसा ही क्षण भर के लिए मेरे शरीर में कपकपी सी दौड़ गई।

उसी समय मेरी बहन ने मुझे ऊपर कमरे में जा कर देखने के लिए कहा मैं देखूं कि यह कैसी आवाज थी। शायद हवा के चलने से कोई खिड़की खुली रह गई थी तथा बार बार खुल और बंद हो रही थी। अब उसका क्या किया जाए ? मेरा ऊपर कमरे में जाने का मन नहीं था या मुझे डर लग रहा था और मैं अपने आप को डरपोक कहा जाना भी पसंद नहीं करता था। इसलिए मैंने बहन की बात सुन का भी अनसुनी कर दी। जैसे कि मैंने उसकी कोई बात सुनी ही नहीं थी। अब जो भाग्य ही पक्ष में ना हो तो किया भी क्या जा सकता है ? इतनी देर में ऊपर कमरे में फिर खिड़की के खुलने और बंद होने का स्वर सुनाई दिया। मैं फिर भयभीत हो गया कि अब आई मेरी शामत। मैं चुप रहा। तभी बहन ने फिर पहले से कुछ ऊँचे स्वर में कहा, "भैया ! ऊपर कमरे की खिड़की टूट जाएगी। जा कर देखो और उसे बंद कर दो।"

अब मेरे लिए कोई बहाना नहीं बचा था। साहस कर के उठा। कमरे में मोमबत्ती का मद्धिम सा प्रकाश फैला हुआ था। किन्तु साथ के दूसरे कमरों में अंधेरा ही था। फिर ऊपर कमरों में तो वैसे भी यह अंधेरा घुप था। मैंने मोमबत्ती लेकर ऊपर कमरे में जाना चाहा तो बहन ने एक बार फिर से टोक दिया, "अब यहां से मोमबत्ती उठा कर ले जाओगे तो वहां अंधेरा नहीं हो जाएगा भैया ! आप अपने मोबाइल से रोशनी कर लो ना।"

अब मैं चाहते हुए भी उसे कोई उत्तर नहीं दे सकता था। चाहे जितना भी डर लगे, जाना तो था ही। पहले मन किया कि कुछ और बहाना बनाऊं, लेकिन इज्जत का भी तो प्रश्न था। इसलिए मैंने मोमबत्ती से आ रहे मद्धिम प्रकाश में ही अपने मोबाइल को ढूंढने का प्रयास किया। किन्तु

इससे पहले कि मैं उसे ढूंढने के प्रयास में कुछ ओर समय व्यतीत करता, बहन ने ही आवाज देकर फिर कहा, "भैया ! आपका मोबाइल तो यहां पड़ा हुआ है।"

इतना कह कर उसने मोबाइल को मेरी ओर बढ़ा दिया। अब मेरे पास कोई भी बहाना शेष नहीं था। मैंने मोबाइल लेकर उसकी टार्च आन की। इससे मेरे आस पास थोड़ा सा प्रकाश फैल गया।

थोड़ा सा मोबाइल फ़ोन का प्रकाश और इतना घुप अन्धेरा ! अन्धेरा ही नहीं उसका सामना भी करना था मोबाइल के थोड़े से प्रकाश के साथ ही करना था। इसके अतिरिक्त अन्य कोई चारा भी नहीं था।

एक बार मैंने अंधेरे में सीढ़ियों की ओर देखा जो की मुझे ऊपर कमरे की ओर जाने का एक प्रकार से संकेत ही कर रही थीं। मैंने अपने आप में सम्पूर्ण साहस का संयोजन किया और चल पड़ा युद्ध क्षेत्र की ओर। धीरे धीरे पाँव बढ़ाता हुआ मैं सीढ़ियों से उप्पर की ओर जा तो रहा था किन्तु मन में भय पूर्णतया व्याप्त था।

वास्तव में मुझ में यह भय अकारण ही नहीं था। ना जाने क्यों जब भी मैं कभी दीवार पर टंगी हुई किसी तस्वीर की ओर भी देखता तो मुझे सदैव यही लगता था कि यह तस्वीर मुस्कराते हुए मुझे ही घूर रही है। विशेषतया जब डरावने चेहरे वाली कोई तस्वीर दिखाई देती तो तब तो मुझे यही लगता था कि अभी यह तस्वीर फोटो के फ्रेम से बाहर निकल कर मुझ मुझ पर टूट पड़ेगी। अभी उसकी आंखें बाहर आ कर मुझ से

चिपट ही जाएंगी। इसके दांत बाहर निकल कर मुझे कच्चा ही चबा कर खा जाएंगे।

अब भी अंधेरे में चलते हुए कई प्रकार के भयावन विचार मेरे मन में मंडरा रहे थे। किन्तु फिर भी मैं डरते डरते ही सही किसी प्रकार उपर कमरे में पहुँच ही गया।

अब उसका क्या किया जाए जब भाग्य ही साथ ना दे तो। हुआ ऐसा कि जैसे ही मैं ऊपर कमरे के मध्य में ही पहुंचा था कि मेरे मोबाइल फ़ोन की लाइट बंद हो गई। शायद मोबाईल की बैटरी कम थी तथा इसी कारण से इतनी शीघ्र ही समाप्त हो गई थी। जैसे ही बैटरी समाप्त होने के साथ कमरे के भीतर उत्पन्न प्रकाश बंद हुआ, मुझ में तो मानों होश ही नहीं रहा।

इससे पहले कि मैं भय से भयभीत हो कर बेसुध हो कर गिर पड़ता या मेरी चीख ही निकल जाती, मुझे कमरे में एक हल्का सा सरसराता हुआ स्वर सुनाई दिया, "खामोश ! चुपचाप जैसे हो वैसे ही खड़े रहो। यदि एक भी शब्द मुंह से निकालने का प्रयास किया तो वो तुम्हारे मुंह से निकला हुआ अंतिम स्वर ही होगा।"

मेरी एक प्रकार से घिघी ही बंध गई। कमरे में चारों ओर व्याप्त घनघोर अंधेरा, हाथ को हाथ का भी पता नहीं चलता था। शरीर में मानो काटो तो खून नहीं। कुछ ऐसी ही अवस्था हो गई थी मेरी। मेरी अवस्था कुछ दयनीय सी हो गई थी। आखिर यह सब क्या है। मुझे तो जैसे सारी कायनात ही थम सी गई लग रही थी।

तभी मेरी दृष्टि सामने दीवार पर पड़ी। सामने दीवार पर मानों छोटे छोटे से दो लेज़र के बल्व लगे हों। तेज प्रकाश ! मानों दो आँखें मुझे क्रोध से घूर रही थीं। इरना तेज प्रकाश। जो की पूर्णतया सफ़ेद होते हुए भी मुझे लग रहा था जैसे वो अंगारे सी दहक रही आँखें हों। जो अगले ही पल मुझे भस्म कर डालने वाली हैं।

"यहां कोई भी तुम्हारी सहायता के लिए आने वाला नहीं है। ना ही यहां से तुम्हारी किसी भी प्रकार की आवाज ही किसी को सुनाई देगी।" दो क्षण रुक कर फिर वही सरसराता हुआ स्वर मुझे सुनाई दिया, "जो तुम से कहा जा रहा है, चुपचाप उसे ध्यान से सुनो।"

मेरी दृष्टि निरंतर दीवार से झांकते हुए उन दो प्रकाश बिंदुओं पर ही टिकी हुई थी। मुझे उन्हीं प्रकाश रुपी बिंदुओं से ही वो स्वर आता हुआ प्रतीत हो रहा था।

"इस समय, काल भी थम गया है। तुम चाहो भी तो हमारी इच्छा के विरुद्ध कुछ भी नहीं कर सकते।" एक क्षण के अंतराल के पश्चात उस स्वर ने फिर कहा, "किसी भी बात का विरोध तुम्हें एक चुटकी राख में परिवर्तित कर सकता है।"

मेरे मुंह से कोई भी शब्द नहीं निकल पाया। निकलता भी तो कैसे ? स्थिति ही कुछ इतनी भयावह थी कि मेरे वश में कुछ था ही नहीं। मुझ में तो सोचने समझने की क्षमता भी नहीं रही थी।

फिर वही सरसराता हुआ सा स्वर सुनाई दिया, "ध्यान से सुनो ! अपनी दाहिनी ओर देखो।"

मैंने दाहिनी ओर अपनी दृष्टि घुमाई तो वहाँ अंधकार के कारण दीवार तो मुझे दिखाई नहीं दी, अपितु वहां पर हवा में ही एक छोटी सी परी जैसी छवि दिखाई दी, जोकि हवा में एक प्रकार से तैर सी रही थी। आकार में लगभग वो एक फीट से अधिक नहीं थी। किन्तु वह इतनी खूबसूरत थी कि उस पर से दृष्टि हटाने का मेरा मन ही नहीं कर रहा था। एक प्रकार से मैं मंत्रमुग्ध सा ही हो गया था।

कुछ भी कहने या करने की तो मेरी स्थिति थी नहीं। किन्तु इतना अवश्य ही था कि अब पहले की अपेक्षा मेरा डर कुछ कम सा हो गया था। एक प्रकार से देखा जाए तो मुझे अपनी स्थिति का भी भान नहीं था।

"अब तुम्हें कुछ भी सोचना या करना नहीं है। तुम चाहते हुए भी कुछ नहीं कर पाओगे, इसलिए जैसा कहा जा रहा है, वैसा ही करते जाओ।"

उसी सरसराते स्वर द्वारा फिर से मुझे निर्देश दिया गया, "दाहिनी ओर मुड़ कर चुपचाप इस परी के पीछे पीछे चलते जाओ।"

मैंने जैसे ही उस ओर देखा तो मुझे लगा कि जैसे परी मेरी ओर देखते हुए मुस्करा रही थी। मेरे लिए चुपचाप दिए जा रहे निर्देशों का पालन करने के अतिरिक्त अन्य कोई चारा भी नहीं था। इसलिए मैं उसी दिशा में घूम गया। ऐसा करते ही वो परी भी हवा में ही दाहिनी ओर घूम

गई ओर आगे बढ़ने लगी।

मेरे होठों पर एक प्रकार की मुस्कान सी फ़ैल गई, जिसे मेरे अतिरिक्त शायद कोई भी नहीं पहचान सकता था। वो इसलिए कि आगे तो दीवार थी। फिर कमरा। मैं परी के पीछे चलना चाहते हुए भी आगे नहीं बढ पाउँगा। इसलिए मैं निश्चिंत हो कर उसी के पीछे पीछे आगे बढ़ने लगा। किन्तु मेरे मन का यह भ्रम भी शीघ्र ही दूर हो गया। परी के लिए तो कुछ व्यवधान था नही। शायद मेरे लिए भी नहीं रहा था। यहां तक कि मुझे तो चलने की आवश्यकता ही नहीं हो रही थी। अँधेरे के कारण कुछ दिखाई तो दे ही नहीं रहा था, किन्तु मैं आगे भी इस प्रकार से बढ रहा था मानों हवा मैं खड़ा खड़ा ही तैर रहा हूँ।

इसी प्रकार चलते चलते उस परी के साथ ही मैं कहां पर आ गया था, मुझे नहीं मालूम, किन्तु इतना अवश्य ही है कि हम दोनों ही घर से बाहर और शायद बहुत दूर भी आ गए थे।

मुझे चलते चलते इस बात का आभास तो था कि यह सब अनूठा व रहस्यमय है, किन्तु इस बात का किंचित भी आभास नहीं था कि मैं ऐसे वातावरण में किस प्रकार से अथवा किन परिस्थितियों में हूँ। बस ! मुझे ऐसे वातावरण की मोहकता ही खींच लिए चली जा रही थी और मैं मंत्रमुग्ध सा उस परी के पीछे पीछे चला जा रहा था।

अब मुझे कितनी देर हो गई थी उस परी के पीछे पीछे चलते हुए या मैं कितनी दूर तक चला आया था, इस विषय में मुझे कुछ भी ज्ञात नहीं था।

ना ही समय का ही मुझे कोई आभास था तथा ना ही अपनी स्थिति का। विशेषतः मेरी स्थिति तो उस समय इस प्रकार की थी कि मैं अपनी स्थिति के प्रति ना ही तो कुछ सोच सकता था, ना ही कुछ कर सकता था तथा ना ही किसी को भी कुछ बता ही सकता था। बस ! चुपचाप परिस्थितियों का अनुसरण ही कर सकता था।

तभी चलते चलते ही सहसा मेरे रास्ते में एक बड़ा सा गड्ढा आ गया। उसे गड्ढा कहने की अपेक्षा कुआं कहना अधिक उचित होगा। आकार उसका इतना बड़ा था कि लगभग दस फीट का होगा। गहराई के बारे में कुछ भी निश्चित रूप से नहीं कहा जा सकता। देखने से लगता था कि बहुत ही गहरा अथवा अथाह होगा। मेरे तो उसे देखते ही होश उड़ गए। तत्क्षण मैं कांप सा गया। उस क्षण मुझे इस बात का वास्तविक आभास हुआ कि मैं एक प्रकार से कठपुतली सा ही बन कर रह गया हूं। मेरे हाथ में कुछ भी नहीं है।

कोई अज्ञात शक्ति मुझे उस कुएं में छलांग लगाने के लिए प्रेरित कर रही थी। भीतर से भयभीत होते हुए ना चाहते हुए भी मेरे कंपकंपाते हुए पग उसी की ओर बढ़ने लगे। जैसे ही मैं उस के समीप पहुंचा, मैंने बिना कुछ भी सोच विचार किए एकाएक ही उसमें छलांग लगा दी।

कुआं कितना गहरा था यह तो मैं नहीं कह सकता, किन्तु इतना अवश्य ही है कि छलांग लगाने के पश्चात जैसे ही मेरा पानी से स्पर्श हुआ, मैं बस उस में डूबता ही चला गया। डूबता ही चला गया। इसी मध्य मुझ पर एक प्रकार की तन्द्रा सी भी व्याप्त होने लगी। फिर इसके पश्चात

मुझे कोई भी सुध नहीं रही कि कब मैं बेसुध हो गया और कितनी देर उसी अवस्था में रहा।

(2)

मैं कितनी ही देर सुप्त निद्रा में रहा मुझे स्वयं भी नहीं मालूम। उस समय मुझे शीतल पवन के मन्द मन्द झोंके सहला रहे थे। जब मेरी तंद्रा धीरे धीरे से लौटने लगी थी। एक प्रकार से मुझे स्वर्गीय वातावरण का आभास सा होने लगा था। उस स्वर्गीय आभास में मानों मेरे चेहरे पर एक स्निग्ध सी मुस्कान नृत्य करने लगी थी। धीमे धीमे से मेरी आँखें खुलने लगी थी। जैसे ही मेरी आँखें पूरी तरह से खुल गयी,आसपास के मनमोहक वातावरण ने मानों मुझे मोह सा ही लिया।

वो कोई पर्वतीय स्थल था। मेरे आस पास का क्षेत्र कुछ असमतल सा किन्तु हरा भरा था। यहां छोटी छोटी सी घास तथा रंग बिरंगे पुष्प खिले हुए थे, जो अपने अद्भुत सौंदर्य से मुझे प्रभावित तथा आत्मविभोर कर रहे थे।

सामने यहां तक भी दृष्टि जा रही थी छोटी छोटी पहाड़ियां तथा समतल सी भूमि दृष्टिगोचर हो रही थी। यहां बहती हुई सरिता सूर्य के प्रकाश से बहुत आकर्षक लग रही थी। इस अनुपम सौंदर्य के साथ ही मुझे जिस बात ने सर्वाधिक रोमांचित किया वो थी मेरे साथ साथ बहती हुई एक छोटी सी शीतल पानी की जलधारा। जो कल कल बहती हुई मनभावन संगीत की रचना कर रही थी। जिस के किनारे मैं एक प्रकार से मंत्रमुग्ध सा पड़ा हुआ था। मेरे शरीर का कुछ भाग जलधारा के अंदर था

तथा कुछ किनारे पर। जिस से अब मुझे कुछ कुछ शीतलता का भी आभास होने लगा था।

उसी समय मेरी दृष्टि सामने के फलदार वृक्ष पर पड़ गई। वो कोई बहुत ही घना तथा फलदार वृक्ष था। कौन सा फल था वो तो मैं नहीं पहचान सका किन्तु इतना आभास अवश्य ही हो गया था कि वो कोई बहुत ही स्वादिष्ट फल हो सकता है। अभी मैं कल्पना में ही उस फल का रसास्वादन कर रहा था कि सहसा ही मैं सिहर सा गया।

उस घने वृक्ष के मध्य साये में मुझे वही दो लेज़र के प्रकाश की भाँती चमकती हुई आँखें घूरती हुई दिखाई देने लगीं। जिन पर दृष्टि पड़ते ही मैं एक प्रकार से जड़वत सा हो गया। शरीर में मानों काटो तो खून ही ना रहा हो, जैसी स्थिति हो गई थी मेरी।

अब तक मैं जल की धारा से अपने आप को पूर्णतया बाहर निकाल चुका था। इस से मेरे कपड़े कुछ कुछ सूखने लगे थे। जिस से अब मुझे ठंड नहीं लग रही थी।

ठीक उसी समय मुझे अपनी दाहिनी ओर से आता हुआ एक सुगंधित हवा का झोंका सा प्रतीत हुआ। जैसे ही मैंने दाहिनी ओर दृष्टि फेर कर देखा तो मुझे इस शीतल जलधारा के पार कुछ ही दूरी पर एक छोटा सा बालक दिखाई दिया। उसके हाथ में एक छोटी सी बांसुरी की भांति की छड़ी थी। जिसका इशारा मेरी ओर था तथा वो मेरी ओर देखते हुए मुस्कुरा रहा था। लगभग दस वर्ष के करीब होगी उसकी आयु। मैं

विस्मित सा उसकी ओर देखने लगा। इस एकांत, रहस्यमय व रमणीक वातावरण में उस बालक की उपस्थित भी मुझे एक प्रकार से रहस्यमय ही लग रही थी।

इससे पहले कि मैं कुछ अधिक सोच या समझ पाता, उसने मुझे अपना दाहिना हाथ उठा कर हल्का सा इशारा किया। वो क्या कहना चाहता था यह तो मेरी समझ में नहीं आ सका किन्तु इतना अवश्य ही है कि मैं अपलक उसकी ओर देखता ही रह गया। मेरे मुंह से मारे भय व आश्चर्य के कुछ भी नहीं निकल सका। अपितु मैंने देखा कि वो छोटा सा बालक ही मेरी ओर बढ़ता चला आ रहा था। अब मुझे वो दो लेज़र के प्रकाश की सी भयावनी आँखें नहीं दिखाई दे रही थीं।

कुछ ही देर में वो बालक मेरे पास बहती हुई जलधारा के दूसरे किनारे पर पहुंच गया। पल भर के लिए उसने मुस्कुरा कर मेरी ओर देखा और अगले ही पल उसने अपने पाँव उस बहती हुई जलधारा में डाल दिए। उस जलधारा का बहाव ऊपर से नीचे की ओर तथा कुछ तीव्र भी था। इसलिए पलभर के लिए मैं भी भयभीत सा हो गया। कहीं यह नन्हा सा बालक इस में डूब ही ना जाए।

मैं चिल्ला कर उसे रोकना ही चाहता था कि वो एक बार फिर से मेरी और देख कर मुस्कुरा दिया और फिर हाथ से मुझे चिंता न करने का संकेत किया। मैं उसे रोकना चाहते हुए भी कुछ ना कह सका। बस उसे धीरे धीरे उस जलधारा को पार करते हुए देखता रहा। कुछ ही पल में वो मेरे सम्मुख खड़ा था।

मेरी ओर देखते हुए ही एक बार फिर से मुस्कुरा दिया, "यहां आपको किंचित भी भयभीत होने की आवश्यकता नहीं है। बल्कि स्वागत है आपका इस रहस्यमय दुनिया में।"

"तुम कौन हो बेटा और अकेले इस एकांत व रहस्यमय वातावरण में क्या कर रहे हो?" मैंने मारे आश्चर्य के उससे पूछा।

"आप मुझे नहीं जानते किन्तु मैं आपको अच्छी तरह से जानता हूँ।" उसने मंद मंद मुस्कुराते हुए कहा।

मैं उसकी बात सुन कर विस्मित सा हो गया। यह मुझे कैसे जनता है और मैं इसे कैसे नहीं जानता? इससे पूर्व कि मैं उससे कुछ पूछता, उसने फिर कहना शुरू किया, "आप शायद पहले मनुष्य ही हैं, जिन्होंने अपने जीते जी इस दुनिया में प्रवेश किया है। इसमें कोई भी मनुष्य अपनी जीवित अवस्था में कभी भी नहीं आ सकता। यहां आज तक कोई भी मनुष्य जीवित अवस्था में नहीं आ सका है।"

यह सब क्या रहस्य है ? यह बालक मुझे पहले से ही कैसे जानता है ? यह स्थान कौन सा है? इस प्रकार के मेरे समक्ष अनेक अनुत्तरित प्रश्न थे। जिन का उत्तर मैं चाहता था किन्तु अभी तक जान नहीं पाया था। अभी मैं यह सब उस बालक से पूछने की सोच ही रहा था कि उसने फिर अपनी बात आगे बढ़ाते हुए कहा, "आप जिस दुनिया से यहां आये हैं, उस दुनिया में और इस दुनिया में बहुत अंतर है।" आप मेरे साथ आइये। मैं आपका इस दुनिया से यथा संभव परिचय करवाता हूँ।

यह वह दुनिया है जिसकी कल्पना मात्र ही की जा सकती है। जिसमें सच्चाई है, अध्यात्म है, स्वाभाविकता है, निष्कपटता है। इसके विषय में विस्तृत रूप से आप को स्वयं ही जैसे जैसे समय व्यतीत होता जाएगा धीरे धीरे समझ आता जाएगा।

आप यहां कैसे आए हैं अथवा इस सब का क्या रहस्य है इसके विषय में समय से पूर्व कुछ भी नहीं कहा जा सकता। सब समय अनुसार ही प्रकाश में आएगा तथा विदित होगा।"

इतना कहते हुए वो एक ओर एक पगडंडी जैसे मार्ग पर चल पड़ा। मैं भी अब यन्त्र वद्ध सा उसके पीछे पीछे चल पड़ा।

यहां मौसम बहुत ही सुहावना तथा मनोरम था। आसपास का दृश्य मन को पुलकित कर देने वाला था किन्तु मेरे मन में जो अनुत्तरित प्रश्न थे उनका मुझे अभी तक कोई भी उत्तर नहीं मिल पाया था। एक दो बार मेरे मन में आया भी कि मैं उस बालक से पूछ ही लूँ किन्तु ना जाने क्यों कुछ झिझक सा ही गया। शायद इसका मुझे उचित समय ही नहीं मिल पाया था।

बस ! मैं चुपचाप उस बालक के पीछे पीछे चलता जा रहा था। थोड़ी ही देर मैं हम नीचे समतल से मैदान में गए। यहां पास में ही वो जलधारा भी बह रही थी जिसे हम पीछे छोड़ आये थे, अब फिर से हमारे सम्मुख प्रकट हो गई थी। इस जलधारा के दूसरी ओर कुछ झौंपड़े से बने हुए थे।

इसके साथ ही कुछ लोग भी अपने अपने काम में लगे हुए दिखाई दे रहे थे।

किन्तु उस बालक ने उस ओर कोई भी ध्यान नही दिया तथा सामने पहाड़ी की ओर जाने लगा। यहां एक छोटी सी कुटिया बनी हुई थी। वो बहुत छोटी दिखाई दे रही थी किन्तु जैसे ही हम उसके समीप पहुंचे तो इतनी छोटी भी नहीं थी। कुटिया के सामने एक आँगन था। जो बहुत साफ़ सुथरा था। उसके गिर्द बाढ़ भी लगी हुई थी। जिसके साथ साथ सुन्दर फूलों के पौधे लगे हुए थे।

जैसे ही हम कुटिया के आंगन में पहुंचे तो उसके अंदर से हमें एक ऋषि महात्मा बाहर आते हुए दिखाई दिए। हमें देखते ही उनके होठों पर एक स्निग्ध सी मुस्कान नृत्य कर गई। उन्होंने हमारा स्वागत किया तथा हमें कुटिया के भीतर आने का संकेत किया। हमारे भीतर प्रवेश करते ही उन्होंने हमें एक आसन पर बैठने के लिए कहा तथा स्वयं हमारे सामने एक कुशा से बने हुए आसन पर बैठ गए।

वो मेरी ओर देखते हुए मंद मंद मुस्कुरा रहे थे। उनकी मुस्कान मानों एक प्रकार से मंत्रमुग्ध कर देने वाली थी। वातावरण बहुत ही रहस्यमय सा प्रतीत हो रहा था। यहां तक कि उस समय मेरे मन में उत्पन्न हुए कई प्रश्न तो क्या मैं अपने आप को भी पूर्णतया भूल सा गया था। जैसे मेरी पूर्ण स्मृति ही लुप्तप्राय हो गई थी।

कुछ क्षण की तंद्रा के पश्चात उन्होंने अपने होंठ खोलते हुए मुझ से

कहना आरम्भ किया, "राज ऋषि ! तुम ऐसी रहस्यमय दुनिया में आ चुके हो, यहां कोई भी प्राणी जीवित अवस्था में नहीं आ सकता। ऐसा सुअवसर तुम्हें क्यों प्राप्त हुआ है, इसका उत्तर मैं चाह कर भी तुम्हें नहीं दे सकता।"

अभी उन्होंने इतना ही कहा था कि तभी कुटिया के भीतर उसी परी की आकृति प्रकट हुई जो इससे पूर्व की यात्रा में मेरे संग रही थी या इसे इस प्रकार से भी कहा जा सकता है कि उसने मेरा मार्गदर्शन किया था।

उसकी ओर देखते हुए वो ऋषि महात्मा कुछ मद्धम से मुस्कुरा दिए तथा मुस्कराते हुए ही उन्होंने कहा, "यह तुम्हारे पूर्व जीवन की साथी है। किन्तु तुम इसे पूर्णतया भूल चुके हो, क्योंकि नियति का यही विधान है कि दूसरा जन्म लेने के उपरांत मनुष्य को अपना पूर्व का जीवन पूर्णतया भूल जाता है।"

कुछ क्षण रुक कर उन्होंने फिर से कहना आरंभ किया, "इसका पूर्व जन्म में हिम वाला नाम था। हालांकि यहां हमारी इस दुनिया में नाम की आवश्यकता नहीं है। यहां केवल भावों का ही सम्प्रेषण बहुत होता है। फिर भी यह सब तुम्हारी सुविधा के लिए ही बता रहा हूं। यह तुम्हारी जन्म जन्म की साथी है। यह हर जन्म तुम्हारे साथ ही रही है। यह जो तुम्हारे जीवन की रहस्यमय यात्रा है, इसमें भी यह तुम्हारे साथ ही रहेगी तथा आने वाले सभी जन्मों में भी हिम वाला तुम्हारे साथ ही रहेगी।"

अभी उन्होंने इतना ही कहा था कि तभी एक अप्सरा सी दिखने वाली

सुंदर सी स्त्री ने कुटिया के भीतर प्रवेश किया। उसके हाथ में फलाहार की एक छोटी सी टोकरी थी। उसने टोकरी हमारे मध्य रख दी तथा उनमें से कुछ फल उठा कर हमारे खाने के लिए हमारे सामने रख दिए।

फल खाने के समय कुछ देर तक हम खामोश रहे। जब हम फल खा कर तृप्त हो गये तो ऋषि महात्मा ने हमें कुछ देर आराम करने के लिए कहा और स्वयं कुटिया से बाहर चले गए।

उनके जाने के पश्चात हम भी कुटिया में एक ओर कुशा पर लेट गए और सोने का प्रयास करने लगे। इसके कुछ ही पल पश्चात हमें भी नींद ने घेर लिया।

(3)

मैं कितनी ही देर सोया रहा मुझे मालूम नहीं, किन्तु जब मेरी नींद खुली तो उस समय संध्या हो गई थी। मैंने दृष्टि घुमा कर अपने चारों ओर देखा। सारी कुटिया खाली पड़ी हुई थी। मेरे साथ आया वो छोटा बालक ना जाने उस समय कहाँ चला गया था। मैंने अपने आस पास देखा तो उस समय मैं वहाँ पर अकेला ही था। मेरे अतिरिक्त उस समय वहां पर अन्य कोई भी नहीं था। ऋषि महात्मा भी कुटिया में नहीं थे। मुझे कुछ सुझाई नहीं दिया कि अब मुझे क्या करना चाहिए।

कुछ देर तक तो मैं चुपचाप कुटिया में यूं ही बैठा रहा कि शायद कोई आए ओर मेरा कुछ मार्गदर्शन करे किन्तु जब कुछ देर बैठे रहने के पश्चात भी कोई भी कुटिया के भीतर नहीं आया तो मैंने स्वयं ही उठ कर कुटिया से बाहर आने की सोची। मैंने उठने के पश्चात भी कुछ क्षण प्रतिक्षा की कि शायद कोई भीतर आए लेकिन कोई नहीं आया। ना ही वहां पर किसी अन्य के होने का मुझे आभास ही हुआ।

कुटिया के बाहर भी कोई नहीं था। बाहर खुला साफ और निर्मल आकाश ही था। वातावरण में थोडी थोडी ठंड थी। फिर भी ना जाने किस अज्ञात प्रेरणा से मैं दायीं ओर बहती शीतल जलधारा की ओर बढ़ने लगा।

उस समय मुझे अपने पूर्व जीवन के विषय में यहां से कि मैं आया था, उसके कुछ भी स्मरण नहीं था। ना ही तो मुझे उसके कुछ स्मरण था तथा ना ही इस सम्बन्ध में कोई आभास मात्र ही था कि मेरा इस समय से पूर्व क्या अस्तित्व था। ना ही इस ओर कोई ध्यान था कि मैं कहां से आया हूं।

अब तक मेरे मनोमस्तिष्क में कितने ही अनुत्तरित से प्रश्न उत्पन्न हो गए थे जिन का उत्तर बहुत सोच विचार करने के पश्चात भी मुझे अभी तक कोई उत्तर नहीं मिल पाया था।

ठीक उसी समय मुझे सामने से साधु महाराज आते हुए दिखाई दिए। मुझे देख कर वह फिर से मुस्कुरा दिए। मेरे पास आते हुए कहने लगे, "अच्छा किया तुमने जो विश्राम कर लिया। अब हम आराम से कुछ देर बैठ कर बातें कर सकते हैं। आओ भीतर चल कर बैठते हैं।"

उनके ऐसा कहने पर मैंने भी उनके साथ साथ ही फिर से कुटिया में प्रवेश किया। सामने देखा तो वह बालक भी मुझे अपने स्थान पर ही बैठा और मुस्कुराता हुआ दिखाई दिया। उसने कब और कैसे कुटिया के भीतर प्रवेश किया था यह मेरी समझ में नहीं आ सका। मैंने भी इस पर कोई अधिक ध्यान नहीं दिया और चुपचाप चलकर फिर से अपने स्थान पर बैठ गया।

कुटिया में मेरे अतिरिक्त वह बालक भी था। इससे पहले कि साधु महाराज कुछ कहते तभी हिम वाला ने भी कुटिया में प्रवेश किया। अब मैं उसे हिम वाला ही कहूंगा। कुटिया में प्रविष्ट होते ही उसने सम्मानपूर्वक

साधु महाराज को प्रणाम किया तथा फिर अपने स्थान पर जाकर बैठ गई। मुझे उस समय ऐसा आभास हो रहा था कि जैसे यह सभी कुछ पूर्व ही निश्चित था।

कुछ क्षण के मौन के पश्चात साधु महाराज ने चुप्पी भांग करते हुए कहना आरम्भ किया, "बेटा ! यह संसार ही रहस्यों से भरा हुआ है। जिसे हम नहीं जानते वो सब हमारे लिए एक प्रकार से रहस्यमय ही होता है। अब तुम्हारा यहां तक आना तथा इसका प्रयोजन भी एक प्रकार से रहस्यमय ही है, विशेषता तुम्हारे लिए।" मेरी ओर देखते हुए उन्होंने कहा।

"अब आगे भविष्य में क्या होने वाला है या क्या है इसे कोई नहीं जानता। ना ही जान ही सकता है। किन्तु इतना अवश्य ही है कि अब से आगे की यात्रा तुम्हारे लिए बहुत ही कौतूहल पूर्ण तथा रहस्यमय होने वाली है। अब तुम्हारे जीवन की वो यात्रा आरम्भ होने वाली है जो शायद सृष्टि में अभी तक किसी के लिए भी संभव नहीं हो सकी है।

आज की रात के पश्चात सुबह होते ही तुम एक लम्बी यात्रा पर जाने वाले हो, जिसके विषय में पहले से ही कुछ भी नहीं बताया जा सकता। इतना है कि इस यात्रा के मध्य यह बालक तथा हिम वाला पग पग पर तुम्हारे साथ ही रहेंगे। यह हो सकता है कि कभी कभी इस यात्रा के मध्य यह तुम्हारी दृष्टि के सामने से अदृश्य भी हो जाये किन्तु रहेंगे यह सदैव दोनों तुम्हारे साथ ही।

मैं जानता हूँ कि इस समय तुम्हारे मनोमस्तिष्क में कई प्रकार के प्रश्न

उमड़ रहे होंगे किन्तु समय से पूर्व तुम्हें उनमें से किसी का भी कोई उत्तर नहीं प्राप्त हो सकता। हिम वाला के विषय में तो तुम इतना जान ही चुके हो कि तुम दोनों ही जन्म जन्मांतर के साथी हो, इससे अधिक इस समय यह भी तुम्हे कुछ नहीं बता सकती। ना ही यह स्वयं भी इस विषय में कुछ जानती ही है।

अब यह बालक कौन है, इसके विषय में तुम समयानुसार धीरे धीरे सब कुछ जान पाएंगे। इसके अतिरिक्त समय से पूर्व तुम्हारे लिए कुछ भी जान पाना संभव नहीं।"

इतना कह कर साधु महाराज फिर मौन हो गए। तब सहसा ही ना जाने कैसे मेरे मुंह से भी स्वयमेव ही निकल गया, "लेकिन महाराज ! मैं कौन हूँ ? कहाँ से हूँ ? किस कारण से हूँ ? मैं अपने बारे में कुछ नहीं जानता। कृपया मेरे विषय में भी कुछ बताने की कृपा करें।"

मेरे इस प्रकार के अनुरोध पर साधु महाराज मुस्कुरा दिए। मुस्कुराते हुए ही उन्होंने फिर से कहना आरम्भ किया, "बेटा ! अभी मैं तुम्हें इतना ही बता सका हूँ कि तुम समय के आगे से आये हो। इस समय तुम समय की उस सीमा रेखा के भीतर खड़े हो जिसे संधिकाल भी कहा जा सकता है। एक और तुम्हारा वो समय है यहां से तुम आये हो और दूसरी और वो समय है जो तुम्हारा अतीत बन चुका है। इसके अतिरिक्त तुम्हें कुछ भी बता पाना मेरे लिए संभव नहीं।"

इतना कह कर साधु महाराज अपने आप को कुछ व्यवस्थित करने

लगे और तत्पश्चात वह ध्यान मुद्रा में आ गए और उन्होंने समाधि लगा ली।

मेरी समझ में कुछ भी नही आ सका। मैंने हिम वाला और अपने पास ही बैठे हुए बालक की ओर देखा तो वो दोनों कुटिया से बाहर चलने की बात कर रहे थे। शायद वो साधु महाराज के संकेत को समझ गए थे और उनकी ध्यानावस्था में कोई व्यवधान नहीं डालना चाहते थे। इसलिए मैं भी उनके साथ ही बाहर जाने के लिए उठ खड़ा हुआ।

हालांकि साधु महाराज के वार्तालाप से मन की जिज्ञासा कुछ शान्त हुई थी लेकिन इसके उपरांत भी मेरे मस्तिष्क में इतने सारे प्रश्न उमड़ घुमड़ रहे थे कि मैं अभी भी अपने-आप को कुछ विचलित ही महसूस कर रहा था।

कल रात साधु महाराज से कुछ विशेष वार्तालाप नहीं हो सका था। हम थके हुए थे और इस बात को समझते हुए साधु महाराज ने हमें शीघ्र ही सो जाने की अनुमति दे दी थी। अनुमति प्राप्त होते ही मैं सोने का प्रयास करने लगा। हिम वाला तथा वो बालक कब नींद के आगोश में चले गए इसका तो पता भी नहीं चला, किन्तु मैं नींद होने पर भी बहुत देर तक अपने मनोमस्तिष्क में उमढ रहे प्रश्नों की उधेड़बुन मे ही उलझा रहा। इसी मध्य मैं भी कब नींद के आगोश में ही चला गया मुझे भी इसका पता ना चला।

(4)

दूसरे दिन सुबह पक्षियों के कलरव के साथ ही मेरी आँख खुली। मैंने अपने आस पास इधर उधर देखा तो वहां पर कुटिया में कोई भी नहीं था। साधु महाराज, हिम वाला तथा वो बालक ना जाने कहाँ चले गए थे। पल भर के लिए मैंने उनके विषय में सोचा लेकिन अगले ही पल जब मुझे यह ध्यान आया कि साधु महाराज ने कल रात को मुझसे हिम वाला तथा उस बालक के साथ किसी लम्बी यात्रा पर जाने के लिए कहा था तो मैं भी शीघ्र ही अपने बिछावन से उठ गया और प्रातकालीन क्रीड़ा के लिए बाहर नदी की ओर चल पड़ा।

कुछ ही देर में जब मैं नदी के किनारे पहुंचा तो सामने से मुझे साधु महाराज अपनी ओर आते हुए दिखाई दिए। मुझे देख कर वह धीमे से मुस्कुरा दिए। मैंने उनके पास जा कर उन्हें नतमस्तक हो कर चरण स्पर्श किया। उन्होंने आशीर्वाद देते हुए मुझसे पूछा,"रात को नींद कैसी आई ?"

"बहुत अच्छी महाराज !" मैंने उत्तर दिया।

"ठीक है ! स्नान वगैरह से निवृत्त होकर कुटिया में आ जाओ। शीघ्र ही तुम्हें आगे की यात्रा पर भी निकलना है। तब तक हिम वाला तथा वो बालक भी आ जाएंगे।" कहते हुए साधु महाराज आगे निकल गए।

इसके पश्चात ज्योंही मैं भी स्नान आदि से निवृत होकर वापिस कुटिया में आया तो तब तक हिम वाला तथा वह बालक भी आ गए थे और साधु महाराज के साथ साथ ही पूजा अर्चना की तैयारी कर रहे थे। मैं भी चल कर उनके साथ ही पूजा के लिए बैठ गया।

पूजा अर्चना में लगभग हमें एक घंटे का समय लग गया। इस मध्य वहाँ पर एक अप्सरा जैसी सुन्दर लड़की आई। जिसने अपने हाथों में फलों की एक छोटी सी टोकरी उठाई हुई थी। उसने टोकरी को वहाँ पर एक ओर रखा और स्वयं भी कुटिया में एक ओर बैठ गई। यात्रा के विषय में विस्तृत जानकारी हिम वाला को साधू महाराज ने पहले से ही दी हुई थी इसलिए जैसे ही हम पूजा अर्चना करके निवृत हुए तो उस अप्सरा ने कुछ फलाहार तथा एक एक गिलास में कुछ दूध हमारे सामने रख दिया। हम सभी ने जलपान किया और उसके पश्चात अपनी आगामी यात्रा के लिए तैयार हो गए।

हमने तैयार होकर साधु महाराज के चरण स्पर्श किया और उन से प्रस्थान के लिए अनुमति मांगी। साधू महाराज ने मुस्कुराते हुए हमें आशीर्वाद दिया तथा यात्रा के लिए शुभकामना दी।इसके साथ ही हम इस रहस्यमय यात्रा के लिए निकल पड़े।

(5)

इस समय अभी प्रातःकालीन प्रभाव ही था। सूर्य देव क्षितिज से मुस्कुराते हुए अरुणिमा को बिखेर रहे थे। इसलिए मौसम बहुत ही सुहावना लग रहा था। ठंडी ठंडी हवा के शीतल झोंके चल रहे थे। जिससे यात्रा बहुत ही आनंदमय हो गयी थी। हिम वाला और वो छोटा बालक जो मेरे लिए अभी भी एक पहेली की तरह ही था, वो भी मेरे साथ ही थे। उनके साथ होने से ओर भी अच्छा लग रहा था। विशेषतया जब से साधू महाराज ने हिम वाला से मेरा जन्म जन्मांतर का साथ होने की बात बताई थी।

मन में कई तरह के अनुत्तरित प्रश्न थे जिनका अभी तक कोई भी उत्तर मुझे प्राप्त नहीं हो सका था। मैं चलते चलते कभी उस बालक को तो कभी हिम वाला की ओर भी देख रहा था। यह बालक तो अभी तक मेरे लिए एक पहेली है ही लेकिन हिम वाला जिसके विषय में साधु महाराज ने जितना भी बताया था वह भी मुझे रहस्यपूर्ण ही प्रतीत हो रहा था। क्या यह इतनी सुन्दर युवती पूर्व जन्मों में मेरी सहधर्मिणी रह चुकी है।

मैं चाहते हुए भी इस विषय में उससे कोई प्रश्न नहीं कर सकता था। ऐसा मुझे उचित ही नहीं प्रतीत होता था। समय आने पर स्वयं ही मालूम हो जाएगा। यदि इतना पता चल गया है तो इससे अधिक भी भविष्य में मालूम हो ही जाएगा।

कुछ इसी प्रकार की बातें सोचते हुए मैं अपनी आगे की यात्रा के विषय में सोचने लगा। हमारी आगे की यात्रा कैसी होने वाली है। हमें क्या देखने को मिलने वाला है। हम कहाँ जा रहे हैं। यह सब कुछ मुझे रहस्यमय ही प्रतीत हो रहा था।

आरम्भ से लेकर अब तक जो भी मेरे जीवन में मेरे साथ घटित हुआ है वो सब भी तो मेरी समझ से बाहर ही था। मुझे तो अपना आरम्भ ही उस समय से लग रहा था जब मेरी तंद्रा खुली तो मैंने अपने आप को एक पर्वतीय स्थल में पड़े हुए देखा था। यहां मेरे आस पास का क्षेत्र कुछ असमतल सा किन्तु हरा भरा था। यहां छोटी छोटी सी घास तथा रंग बिरंगे पुष्प खिले हुए थे, जो अपने अद्भुत सौंदर्य से मुझे आत्मविभोर कर रहे थे।

यात्रा के आरम्भ में हमने कुछ फलाहार साथ में ले लिया था। हालांकि हमारी यात्रा वनक्षेत्र में से थी और हमारे मार्ग में अनेक फलदार वृक्ष भी थे और जल स्त्रोत भी। फिर भी जब हम यात्रा के निकलने ही वाले थे तो साधु महाराज ने हमें कुछ फल तथा कुछ खाने पीने की सामग्री साथ में ले लेने के लिए कहा। किसी समय इसकी आवश्यकता पड़ सकती है।

हमें चलते चलते हुए लगभग एक घंटा हो गया था। हालांकि हमारी यात्रा अभी तक तो पहाड़ी क्षेत्र में से ही थी किन्तु मार्ग समतल होने के कारण हमें किसी भी प्रकार की कोई असुविधा अथवा थकान प्रतीत नहीं हो रही थी।

अब इस मध्य हममें कुछ वार्तालाप भी आरम्भ हो गया था। हिमवाला से भी बहुत सारी बातें हुई थीं। हम इधर उधर की ही बातें कर रहे थे। यहां तक मुझे आभास हुआ हिमवाला को तथा उस बालक को भी इस यात्रा के विषय में इतना ही मालूम था जितना कि मुझे। यह सारी यात्रा तथा इसका अनुभव उनके लिए भी ऐसा ही था जैसा कि मेरे लिए था।

हाँ ! इस मध्य एक बात का रहस्य मेरे सम्मुख अवश्य ही प्रकट हुआ कि आरम्भ में मेरे साथ जो परी थी वो कोई ओर नहीं बल्कि हिम वाला ही थी। यह स्वयं मुझे हिम वाला ने ही बताया। जानकार मुझे कुछ रोमांच सा हो गया। हिम वाला कब से मेरे साथ है। क्या हिमवाला को भी इसकी जानकारी है कि वह मेरी जन्म जन्मांतर की साथिन है। मेरी सहभागिनी। यदि इसे भी मालूम है तो कभी इस प्रकार का मुझे संकेत क्यों नहीं दिया या इसे इस विषय में कुछ भी मालूम नहीं है। मैं जानना चाहता रहा लेकिन पूछने का साहस नहीं हो रहा था।

कुछ इसी प्रकार की बातें सोचते हुए मैं उनके साथ चल रहा था। हमें चलते हुए बहुत समय हो गया था। दोपहर हो गयी थी चलते चलते किन्तु मुझे इस बात का किंचित भी आभास नहीं था कि हमारी मंजिल कौन सी है। शायद हम में से किसी को भी इस बात का कोई भी गुमान नहीं था।

अब चलते चलते कुछ थकान का भी अनुभव होने लगा था और भूख भी लगी हुई थी। सामने ही एक हरा भरा मैदान तथा बहुत से छायादार वृक्ष थे। इनके मध्य में ही एक जलाशय भी था। इस सब ने हमारा मन मोह लिया। अतः हमने वहीं पर एक पेड़ के नीचे बैठ कर कुछ सुस्ताने का तथा कुछ आहार लेने का निश्चय किया।

हम आराम से वहां पर बैठ गए। जलाशय से कुछ पानी लेकर सर्वप्रथम अपना हाथ मुंह धोया और फिर इसके शीतल जल से अपनी प्यास बुझाने के पश्चात अपने साथ में लाया हुआ फलाहार खाने में व्यस्त हो गए।

फल खाने के पश्चात हम कुछ देर के लिए वहाँ एक वृक्ष के नीचे लेट गए। मेरे मन में एक ही विचार रह रह कर उभर रहा था कि अब हमें आगे जाना कहाँ है ? हमारी आगे की मंजिल कौन सी है ? हमारी इस यात्रा का उद्देश्य क्या है ? यह सब सोचते सोचते ही मनोमस्तिष्क पर तंद्रा सी छाने लगी। ऐसा लग रहा था कि मानो जलाशय का पानी ही कुछ जादुई सा था।

इससे पहले की मैं इस विषय में कुछ अधिक सोच पाता मैंने देखा कि हिम वाला तथा हमारा साथी लड़का उठ खड़े हुए थे और आगे की यात्रा के लिए मेरी ओर देख रहे थे। उन्हें देख कर मैं भी उठ खड़ा हुआ और हम तीनों ही मार्ग पर आगे चल पड़े।

अभी हमें चलते हुए लगभग पंद्रह मिनट ही हुए थे कि तभी हम सकुचा कर रुक गए। हमारे मार्ग पर सामने ही एक विशाल बवंडर हमारी और बढ़ता हुआ दिखाई दिया। बवंडर इतना विशाल तथा भयानक था कि उसे देखते ही जैसे हमारा साहस जवाब दे गया हो। हम में से कोई भी कुछ भी बोलने की अवस्था में नहीं था। हम चुपचाप उसकी ओर देखने लगे। बवंडर तीव्रता से हमारी ओर ही बढ़ा चला आ रहा था। ऐसा प्रतीत हो रहा था जैसे कि यह बवंडर ना होकर कोई विशालकाय दैत्य हो।

हमारी तो समझ में ही कुछ नहीं आ रहा था कि अब हमें क्या करना चाहिए। हम बस किंकर्तव्यविमूढ़ से हो कर रह गए थे। मानो एक प्रकार से पत्थर के बुत ही बन गए थे। जैसे उस भयानक दैत्य के सम्मुख अपने हथियार डाल देने के अतिरिक्त हमारे पास ओर कोई चारा ही शेष ना हो।

अभी इस विपत्ति के विषय में हम कुछ भी सोच पाते या कर पाते कि इतनी देर में वो बवंडर बिलकुल हमारे समीप आ गया था। सब कुछ जैसे एक पल के लिए ठहर सा गया था। इससे पहले कि हम कुछ भी सोच या कर पाते उस भयानक दैत्य रूपी बवंडर ने हम तीनों को ही अपनी चपेट में ले लिया। जिसके पश्चात मुझे किसी भी बात की कोई भी सुध न रही।

अपनी सुधि खोने से पूर्व मुझे इस बात का आभास अवश्य ही हुआ कि जैसे जाने अनजाने में ही शायद हम सभी मौत के मुंह में समा गए हैं और हमारी इस रहस्यमयी यात्रा के साथ साथ ही अब हमारे जीवन का भी अंत हो गया है।

(6)

जैसे ही मेरी तंद्रा भंग हुयी तो मैंने अपने आप को एक विचित्र सी पोशाक तथा परिवेश में पाया। मेरे शरीर पर कोई भी कपडे का वस्त्र नहीं था, बल्कि किसी जानवर की एक खाल सी थी जिससे कि मैंने अपने शरीर को ढक रखा था। यहां तक कि मेरा अपना स्वरुप भी एक मनुष्य का नहीं दिखाई दे रहा था। मेरे शरीर पर बड़े बड़े बाल थे। जिससे मैं मनुष्य नहीं बल्कि कोई वनमानुष ही दिखाई दे रहा था। अपने आप को इस आदिम युग की भेष भूषा में पा कर मुझे बहुत आश्चर्य हो रहा था। मेरी तो कुछ भी समझ में नहीं आ रहा था कि वास्तव में ही यह सब क्या है ?

इस समय मुझे पूर्व के जीवन का कुछ भी स्मरण नहीं हो रहा था। यह एक बियावान सा स्थल था। यहां आसपास मुझे कोई भी नही दिखाई दे रहा था। एक ओर एक बड़ी सी झील थी। जिसके चारों ओर घने वृक्ष थे। दूर कुछ पशु पक्षी झील के पानी से अपनी प्यास बुझा रहे थे। आसपास वृक्षों पर पक्षियों का कोलाहल सा था तथा आसमान में भी कुछ पक्षी उड़ रहे थे। आसमान में बादल छाये हुए थे और मौसम कुछ सुहावना सा था।

मुझे लग रहा था कि जैसे मैं इस आदिम युग का ही रहने वाला हूँ। धीरे धीरे मुझे सब कुछ याद आता जा रहा था। मेरा नाम चंपू था और यहां से लगभग एक फर्लांग की दूरी पर ही मेरा झौपड़ा है। यहां में अपने

मां बाप, एक भाई तथा दो बहनों के साथ रहता हूँ। मैं उनमें सबसे छोटा हूँ। वैसे तो मेरे पांच भाई तथा तीन बहनें हैं किन्तु मेरे चार भाई अपना अपना विवाह कर के हम से अलग रहते हैं और दो बहनों का भी विवाह हो गया है।

बापू की उम्र बहुत अधिक है इसलिए वह अधिकतर घर में ही रहता है और थोड़ा बहुत मॉल मवेशियों का ध्यान रखता है। मां भी घर में ही रहती है और जो कुछ भी घर में खाने के लिए लाया जाता है उसे सभी के लिए तैयार करती है। फिर हम सब बैठ कर खाते हैं।

मैं यहां शायद आखेट के लिए आया था। तभी मेरे पास भाले की तरह का एक अस्त्र पड़ा हुआ था और कमर में एक कटार बंधी हुई थी। यहाँ घास पर मैं लेटा हुआ था वो स्थान तो कुछ समतल था किन्तु वहाँ पर छोटी छोटी घास उगी उगी हुयी थी। मैं उठ कर बैठ गया और चारों ओर देखते हुए अपनी परिस्थिति पर विचार करने लगा। जैसे जैसे ही मैं अपने दिमाग पर जोर डालते हुए सोचने का प्रयास कर रहा था सब कुछ स्वयमेव ही स्पष्ट होता जा रहा था।

अपना परिवार तथा आसपास रहने वाले सभी लोगों से परिचय तथा सम्बन्ध स्पष्ट होता चला गया।

चम्पू का झौंपड़ा हमारे झौपड़े से कुछ ही दूर था। माचू मेरा दोस्त था और हम आमतौर पर इकट्ठे ही शिकार के लिए निकला करते थे। मुझे याद आया, मैंने सुबह शिकार के लिए निकलने से पहले उसे आवाज दी थी किन्तु आज उस की सेहत कुछ ठीक नहीं थी और उसकी झोपड़ी में

उसकी झोंपड़ी में झाड़ फूँक के लिए भी कोई आने वाला था। इसलिए मैं अकेला ही चला आया था।

इसके साथ ही मुझे यह भी याद आया कि जैसे ही मैं घर से निकल कर कुछ दूर आया था तो सामने से कबीले के सरदार की बेटी भी आते हुए दिखाई दी थी। मांगी नाम था उसका। उसका मुझ से बहुत ही अधिक लगाव था। जब भी मैं उस से मिलता तो वह मेरे साथ घूमने के लिए या बातें करने के लिए बहुत ही उत्सुक रहती थी और जब मिल जाता तो फिर मुझे छोड़ने का नाम ही नहीं लेती थी। फिर यदि सच कहा जाए तो मैं भी उसे बहुत चाहता था। मुझे भी उसका साथ बहुत ही अच्छा लगता था। मैं भी एक पल के लिए भी उस से जुदा नहीं होना चाहता था।

इस बात को मेरा दोस्त चम्पू भली भांति से जानता था। चम्पू मुझे मांगी से अधिक न मिलने तथा उससे दूर ही रहने की सलाह देता था। उस का ऐसा कहना एक दोस्त की दृष्टि से उचित भी था। इसलिए कि वह इस बात को भली भांति जानता था कि मांगी का बाप कबीले का सरदार होने के साथ साथ ही बहुत खूंखार तथा जालिम इंसान भी है। उसे मांगी का माचू से मिलना कदापि भी पसंद नहीं आएगा।

इसका एक कारण तो यह था कि मैं कोई अधिक धनवान नहीं था। उस समय धनवान होना इस बात से समझा जाता था कि किसके पास कितनी अधिक संख्या में मवेशी हुआ करते थे। हमारे परिवार में इतनी अधिक संख्या में मवेशी नहीं थे जिससे कि मैं मांगी के परिवार की दृष्टि में धनवान होता। इसलिए वो मेरा मांगी से मिलना जुलना कदापि भी पसंद नहीं करेगा और यदि उसे कभी भी इस बात का पता चल गया कि

मैं और मांगी आपस में प्यार करते हैं तो वह इस बात को कभी भी सहन नहीं कर पायेगा। वह निश्चित ही मुझे किसी भी तरह से हानि पहुंचाने की कोशिश कर सकता है।

इस बात को मैं भी भली भांति से जानता था और मांगी भी। उसे भी मालूम था कि यदि उसके बापू को उसके मुझ से मिलने के बारे में थोड़ा भी संदेह हो गया तो वो उसे जीवित नहीं छोड़ेगा, किन्तु इसके उपरांत भी वह मुझसे बिना किसी डर के मिलती थी। अब यदि मांगी लड़की हो कर भी मुझ से मिलने से नहीं डरती थी तो मैं भला लड़का हो कर भी उससे मिलने से कैसे डरता ?

उस दिन भी मांगी मुझे मार्ग में ही मिल गई थी। उसे मेरे घर से निकलने तथा आखेट के लिए जाने के समय के विषय में सब मालूम था। इसलिए वो भी लगभग उसी समय पर घर से निकलती थी और फिर मेरे साथ ही हो लेती थी। फिर आमतौर पर मैं भी तो उसका इंतज़ार किया करता था। जब वह आ जाती तो मुझे भी अपूर्व प्रसन्नता का अनुभव हुआ करता था। तब हम दोनों साथ साथ ही जंगल में कितनी दूर एक निकल जाते थे इसका हमें कुछ भी ध्यान ही नहीं रहता था।

आज भी तो वह मेरे साथ साथ ही जंगल में इस क्षेत्र तक आई थी। अब वह कहाँ है ? सहसा ही मुझे उसका ध्यान हो आया। मांगी कहाँ है। मैं खोजती निगाहों से उसे इधर उधर निहारने लगा।

मैं उसकी तलाश में अपने चारों ओर निहार ही रहा था की तभी मुझे अपनी बायीं ओर से चम्पू आता हुआ दिखाई दिया। उसने अपने कंधे

पर एक मरा हुआ खरगोश लटकाया हुआ था। वह मेरे पास आ कर खड़ा हो गया।

"क्या बात है माची आज तुमने कोई शिकार नहीं किया अभी तक ?" चम्पू ने मेरे पास बैठते हुए पूछा।

"नहीं ! अभी तक तो नहीं मिला। पर कोई बात नहीं मिल जाएगा।" मैंने उसे इत्मीनान से उत्तर देते हुए कहा।

"आज मांगी मिली क्या ?" चम्पू ने बेबाकी से पूछा।

"मिली तो थी।"

"सुनने में आया है, शायद सरदार को उसका तुमसे मिलने के बारे में पता चल गया है। थोड़ा सावधान रहना। उसके बारे में तो तुम जानते ही हो कि कितना जालिम है वह।"

"हाँ ! उसके बारे में तो मैं जनता ही हूँ लेकिन उसे कैसे पता चला ?" मैंने चम्पू से मालूम करने के उद्देश्य से उससे पूछा।

"यह तो नहीं मालूम कि उसे कैसे पता चला किन्तु उसे पता चल गया है। उस के भी तो बहुत आदमी हैं। किसी ने देख लिया होगा मांगी को तुम्हारे साथ। फिर भला ऐंसी बातें कहीं छुपी भी रहती हैं ?"

अभी हम बातें कर ही रहे थे कि तभी बायीं ओर से मांगी मुझे अपनी

ओर आती हुई दिखाई दी। मुझे तो मालूम ही था मांगी के विषय में। वह मेरे साथ ही तो आई थी किन्तु चम्पू उसे देख कर हैरान हो गया।

"क्या बातें हो रही हैं ?" मांगी ने जब चम्पू को इस प्रकार मेरे पास बैठे देखा तो पूछने लगी।

"मांगी ! सरदार को तुम्हारे ओर माची के बारे में सब कुछ पता चल गया है।" मांगी को देख कर तुरंत ही चम्पू ने कहा।

"फिर क्या हुआ ? एक न एक दिन तो उसे पता चलना यही था। वैसे भी यह सब कब तक छुपा कर रखा जा सकता था।" मांगी ने लापरवाही से कहा। जैसे यह बात बहुत ही मामूली थी।

"फिर भी मांगी ! अब तुम दोनों को ही बहुत संभल कर रहना चाहिए। तुम भी सरदार को तो भली भांति से जानती ही हो।" चम्पू ने उसे भी समझाते हुए संभल कर रहने को कहा और फिर उठ कर जाने लगा।

"चम्पू रुक जा ना थोड़ी देर। फिर इकट्ठे ही चलते हैं।" मैंने उसे रोकना चाहा।

"नहीं माचू ! बापू बीमार है। मैंने वैद्य को भी बुलाकर लाना है।" कह कर चम्पू वहां से चला गया।

"मांगी ! क्या तुम्हारे बापू ने अभी तक तुम से कुछ भी नहीं कहा।" चम्पू के जाने के बाद मैंने मांगी से पूछा।

"नहीं ! मुझे तो कुछ नहीं कहा।" मांगी ने उसी प्रकार लापरवाही से ही उत्तर दिया जिस प्रकार पहले दिया था।

"चाहे सरदार ने तुम्हें कुछ भी नहीं कहा है लेकिन चंपू का कहना भी सही है। अब हमें कुछ संभल कर ही रहना चाहिए। यदि सरदार को हमारे बारे में कुछ भी मालूम हो गया होगा तो फिर वो अब चुप बैठने वाला नहीं है।" मैंने भी मांगी को सतर्क करते हुए कहा।

"देखेंगे जो भी होगा। अगर सरदार मेरा बाप है तो मैं भी उसकी ही बेटी हूँ।" मांगी ने इत्मीनान से कहा।

अभी हम बातें कर ही रहे थे कि तभी हमें सामने से एक हिरण जाता हुआ दिखाई दिया। उसे देखते ही मांगी ने पास पड़ा हुआ भाला उठाया और सीधा हिरन का निशाना लगाकर उसकी ओर उछाल दिया। जो सीधा जाकर हिरण के पेट में लगा और वो वहीं पर धराशायी हो गया।

मांगी हालांकि कबीले के सरदार की बेटी थी लेकिन शिकार में और लड़ाई के दांवपेच में वह बहुत माहिर थी। वैसे तो उसके बारे में यह सब कुछ में पहले से भी जानता था लेकिन जीता जागता उदाहरण सामने भी था।

"चलो अब वापस चलते हैं।" कहते हुए मांगी उठ कर खड़ी हो गई।

उसके उठते ही मैं भी उठ कर खड़ा हो गया और उसके साथ चलते हुए जा कर मरे हुए हिरन को उठाया और वापस चल पड़े। थोड़ी दूर चलने

पर ही मांगी का और मेरा रास्ता अलग अलग हो जाता था। मांगी अपने घर की ओर चली जाती थी और मैं अपने झोंपड़े की ओर चला जाता था।

जैसे ही हम दोनों उस स्थान पर पहुंचे तो हमें अपनी दायीं ओर के वन में वृक्षों के पीछे कुछ हलचल सी महसूस हुई। हम तुरंत हूँ रुक गए और आसपास की टोह लेने लगे। लेकिन वहां पर हमें कुछ भी नहीं दिखाई दिया। कुछ क्षण रुक कर जब हमें लगा कि वहाँ पर हमारे आसपास कोई भी नही है तो मांगी अपने मार्ग की ओर मुड़ गई और मैं सीधे रास्ते पर चल पड़ा।

कुछ ही क्षण में मांगी मेरी दृष्टि से ओझल हो गई। तभी जैसे आसमान से ही चार पांच लोग मेरे सामने टपक पड़े। वो सभी मार्ग में दोनों ओर लगे हुए वृक्षों पर से कूदे थे, जिन्हें हम वृक्षों के घने होने के कारण देख नहीं पाए थे। सभी के पास हथियार थे। उन्होंने मुझे अपने घेरे में ले लिया।

"अधिक हाथ पांव चलाने की ज़रुरत नहीं। जैसा हम कहें वैसा ही करो और चुपचाप हमारे साथ साथ चलो।" उनमें से एक ने कहा और मुझे अपने साथ एक ओर चलने का इशारा किया।

इस अवस्था में चाह कर भी मैं कुछ नहीं कर सकता था। एक प्रकार से मैं उनके साथ चलने के लिए विवश सा ही होकर रह गया था। उनका इरादा क्या था या वो मुझे कहाँ लेकर जाने वाले थे, इस विषय में मैं कुछ भी नहीं जानता था। इसलिए अब चुपचाप ही उनके साथ चलने के अतिरिक्त मेरे पास अन्य कोई विकल्प भी नहीं था। मैंने उनका कहा

मान लेने में ही मैंने अपनी भलाई समझी।

वो सभी मिलकर मुझे कहाँ और किस लिए ले जा रहे थे मुझे कुछ नहीं मालूम था। एक दो बार मैंने उन से पूछने का प्रयास भी किया किन्तु उनमें से किसी ने भी कुछ नहीं बताया।

बस हम चले ही जा रहे थे। रुकने का कहीं नाम ही नहीं था। बहुत देर चलते रहने के बाद जैसे ही हम रुके तो सामने एक छोटा सा बांस तथा पेड़ पौधों की टहनियों से बना हुआ झोंपड़ा था। जैसे किसी मवेशी को रखने के लिए हम बनाते है। हम सब उसके पास पहुँच कर रुक गए। तभी उनमें से एक ने आगे बढ़ कर उसके द्वार को खोला जिसे किसी ने रस्सियों से बाँध रखा था।

इसके पश्चात उन्होंने मुझे रस्सियों से अच्छी तरह से जकड़ लिया और बेरहमी से झोंपड़े के अंदर धकेल कर इसे बाहिर से फिर रस्सी से भली भाँती बंद कर दिया।

मुझे झोंपड़े में धकेलने के पश्चात वो सभी लोग कहाँ चले गए मुझे नहीं मालूम। गए भी थे या नहीं या वहां कहीं आस पास ही थे कुछ कह नहीं सकता। लेकिन इतना अवश्य ही है कि झोंपड़ी को बाहिर से बंद कर देने के पश्चात फिर मुझे उनकी किसी प्रकार की आवाज या आहट नहीं सुनाई दी।

अब मेरे पास समय था अपने आप को आज़ाद करने का। वो लोग

कौन थे और उन्होंने क्यों मुझे इस प्रकार से कैद किया था मुझे कुछ भी मालूम नहीं था। किन्तु फिर भी मुझे उनसे आज़ाद होने के लिए कुछ ना कुछ तो करना ही था। अब मुझे क्या करना है यह स्वयं मेरी भी समझ में नहीं आ रहा था। मेरे हाथ मजबूती से रस्सियों के साथ बंधे हुए थे और मैं चाह कर भी कुछ नहीं कर सकता था।

मैंने रात भर रस्सियों की जकड़न से अपने आप को मुक्त करने का बहुत प्रयास किया, किन्तु सफल नहीं हो सका।

(7)

अगले दिन सुबह होने का पता मुझे तब चला जब आसपास पक्षियों का कलरव होने लगा। और सुबह का हल्का हल्का प्रकाश घास फूंस से बनी झोंपड़ी से होकर भीतर आने लगा।

मुझे तो रात भर नींद नहीं आई। आ भी कैसे सकती थी। परिस्थिति ही कुछ ऐंसी थी। फिर भी ऐंसी परिस्थिति में मुझे इस सब के लिए फानी (कबीले के सरदार) पर ही संदेह था। जैसा कि मेरे दोस्त चंपू ने हमें पहले से ही सावधान करते हुए कहा भी था।

अभी मैं इस विषय में कुछ अधिक सोच पाता तभी मुझे झोंपड़े के बाहिर कुछ हलचल का स्वर सुनाई दिया। शायद वही लोग फिर से वापिस आ गये हैं। मेरी दृष्टि दरवाजे की ओर जाकर अटक गई।

तभी अचानक ही एक धक्के से दरवाज़ा खुल गया। सामने आते प्रकाश के साथ ही मुझे जो दिखाई दिया उसे देख कर मैं चौक सा गया। मेरे सामने मेरा दोस्त चंपू खड़ा था। चंपू और अचानक से यहां ? यह यहां कैसे आ गया? इसको इस बारे में कैसे पता चला ?

"अभी कुछ सोचने का समय नहीं है। इसलिए जितनी जल्दी हो सकता है यहां से भाग चलो।" भीतर आते ही उसने मेरे हाथ खोलते हुए

अपने साथ चलने को कहा। वो लोग कभी भी यहां आ सकते हैं।

बाहिर निकलते ही चंपू ने झोंपड़े में आग लगा दी और इसके साथ ही मेरा हाथ पकड़ कर तेजी से एक ओर को दौड़ लगा दी, "जले हुए झोंपड़े को देख कर वो लोग समझेंगे कि शायद तुम भी इस में जल कर मर गए हो। नहीं तो सरदार फानी तुम्हें जीने नहीं देगा।"

इसके पश्चात हमने पीछे मुड़ कर नहीं देखा। हम दोनों भागते ही चले गए। कितनी देर इसी तरह बिना रुके भागते रहे यह शायद हमें भी मालूम नहीं था। जब हम भागते भागते थक कर रुक गए तो उस समय तक सूर्य देव अपनी सुनहरी किरणों के जाल को फैला चुके थे।

हम दोनों एक वृक्ष के नीचे बैठ गए और सुस्ताने लगे। मैं चंपू की ओर देखने लगा। वो गहरी गहरी सांसे लेते हुए कुछ सोचता हुआ लग रहा था।

"अब हम सरदार फानी की पहुँच से तो बहुत दूर आ गए हैं लेकिन फिर भी सुरक्षित नहीं हैं। कभी भी फानी को इस बात का पता लग सकता है। इसलिए अब सोचना यह है कि आगे हमें करना क्या है?" एक गहरी सांस लेते हुए चंपू ने कहा।

"वो तो ठीक है लेकिन यह तो बताओ कि तुम्हें यह सब पता कैसे चला? तुम्हें इस बात का कैसे पता चल गया कि सरदार फानी के आदमियों ने मुझे पकड़ लिया है और यहाँ लाकर इस झोंपड़े में कैद कर दिया है ?" मैंने उत्सुकता से चंपू की ओर देखते हुए अपनी जिज्ञासा शांत

करने के उद्देश्य से उससे पूछा।

"मैंने उन लोगों को तुम्हें पकड़ कर ले जाते हुए देख लिया था। इस पर जब मैंने उनका पीछा किया तो उन्हें तुमको यहां इस झोंपड़ी में लाकर बंद करते हुए देखा। फिर मैं समय का इंतज़ार करने लगा। सारी रात वो लोग इस झोंपड़ी के आस पास ही थे। लेकिन अब वो सभी इकट्ठे होकर ना जाने कहाँ चले गए कि मैंने सुअवसर देख कर तुम्हें वहाँ से आज़ाद करवा लिया।" चंपू ने मुझे सारी बात बताई।

"अब तुम्हारा क्या ख्याल है ? वो लोग जब वापस आए होंगे तो क्या सोच रहे होंगे ?"

"अभी तो उन्होंने यह सोचा होगा कि तुम भी इस आग में जल कर मर गए होंगे। लेकिन अधिक देर तक उन से यह बात छुपी नहीं रहेगी। उन्हें जब राख हुयी झोंपड़ी में तुम्हारे अवशेष नहीं मिलेंगे तो शीघ्र ही समझ जाएंगे कि तुम उनकी पकड़ से निकल गए हो और वो फिर से तुम्हारी तलाश में जुट जायेंगे। उन्हें भी मालूम है कि सरदार फानी को जब इस बात का पता चलेगा तो वो उनकी बुरी हालत कर देगा। वो उसके वहशीपन को जानते ही हैं। वो उन्हें कभी भी जीवित नहीं छोड़ेगा। इसलिए वो फिर जी जान से तुम्हारी तलाश में लग जायेंगे बल्कि यूँ समझ लो कि तुम्हारे साथ साथ ही अब वो मेरी भी तलाश में होंगे। वो इस बात को समझ गए होंगे कि तुम्हें तो उन्होंने अच्छी प्रकार से रस्सियों से बांध दिया था, तुम किसी दुसरे की सहायता के बिना अकेले वहां से नहीं निकल सकते थे।" कहते हुए चंपू चुप हो गया।

"तो फिर अब हमें क्या करना चाहिए ?" मैंने चंपू से उसकी राय जानने का प्रयास करते हुए पूछा।

"वैसे तो अब हम उनकी पकड़ से बहुत दूर निकल आये हैं किन्तु फिर भी अब यह तो निश्चिंत ही है कि वो लोग चुप होकर बैठने वाले नहीं। इसलिए जैसे भी हो शीघ्र ही तुम्हें यहां से दूर किसी सुरक्षित स्थान पर चले जाना चाहिए।" चंपू ने समझाते हुए कहा, "अब मुझे भी यथासंभव वापिस कबीले में पहुँच जाना चाहिए, नहीं तो मुझे वहाँ न देखकर वो लोग समझ जायेंगे कि तुम्हें छुड़ाने में मेरा ही हाथ है और वो पीछे से मेरे घर वालों को तंग कर सकते हैं।" इतना कह चंपू चुप हो गया।

अभी मैं या चंपू इस विषय में कुछ और वार्तालाप करते तभी हमें कुत्तों के भौंकने की आवाज़ सुनाई दी, जो कि पास आती हुई मालूम हो रही थी। ऐसा लग रहा था कि जैसे वो तेजी से हमारी ओर ही आ रहे हैं।

चंपू तुरंत ही उठ खड़ा हुआ और मेरा हाथ पकड़ कर शीघ्रता से भाग चलने की संकेत किया। अब तक मैं भी सब समझ गया था। इसलिए हम दोनों ही बिना कोई समय गंवाए तीव्रता से एक दिशा में भागने लगे।

वैसे तो हम दोनों पहले से ही बहुत थके हुए थे किन्तु अब भागने के अतिरिक्त अन्य कोई उपाय भी नहीं था। फिर जब भावी संकट के समीप आने की आहट सुनाई दे रही हो तो रुकने का प्रश्न ही नहीं उत्पन्न होता। हम जितना भी हो सकता था उतना ही तीव्र गति से भाग रहे थे। फिर भी हम जितना अधिक तीव्र भाग रहे थे उतना ही संकट हमारे समीप आता जा रहा था। कुत्तों के भौंकने का और बहुत से लोगों का स्वर हमें और भी

समीप आता लग रहा था।

हम बिना पीछे देखे भागते ही जा रहे थे। किन्तु अभी कठिनाई से पांच सौ गज ही दूर गए थे कि तभी चार पांच खूंखार कुत्तों ने हमें आ कर घेर लिया और जोर जोर से भौंकने लगे। उनके पीछे पीछे ही कुछ दूरी पर सरदार फानी के आठ दस वफादार लड़ाके भी थे। उनके हाथों में तीर कमान तथा भाले थे। दूर से ही उन्होंने मुंह से सीटी बजाते हुए शिकारी कुत्तों को चुप कराया। किन्तु कुत्ते थे कि इस पर भी अपने भयानक दांत दिखाते हुए हम पर गुर्रा रहे थे और रह रह कर भौंक रहे थे। वो बहुत ही क्रोध में लग रहे थे। लग रहा था कि जैसे अगले ही पल वो हमें अपने नुकीले बाणों से हमें भेद देंगे।

पास आते ही उन्होंने हम दोनों को अपने घेरे में ले लिया और वृक्ष की लताओं से बनी हुयी रस्सियों से हमें बाँधना आरम्भ कर दिया।

"तुमने क्या सोचा कि हम से बच कर निकल जाओगे। हम तो तुम्हें पाताल से भी निकाल कर ले आते।" हमें बुरी तरह रस्सियों से जकड कर उन लड़ाकों में से एक ने कहा।

हम विवश थे। कर भी क्या सकते थे। चुपचाप खड़े थे। उनके साथ में आये हुए कुत्ते अब शांत हो गए थे किन्तु अब भी हमें उसी प्रकार से घूरे जा रहे थे।

"चलो अब ! तुम्हारे भाग जाने के कारण सरदार बहुत गुस्से में है। ऐसे तो हो सकता था कि वह तुम पर कुछ रहम भी करता किन्तु अब तो

जैसे वह गुस्से से पागल हो रहा है।" कहते हुए उसने हमें आगे की ओर धकेल दिया और स्वयं हमारे साथ साथ चलने लगे।

मुझ से तो सरदार फानी का क्रोधित होना स्वाभाविक ही था, क्योंकि मैं और उसकी बेटी मांगी एक दुसरे से प्यार करते थे और यह परिस्थितिवश उसे कभी भी स्वीकार नहीं हो सकता था। फिर जैसे ही उसे इस बात का पता चला होगा तो वह चुप होकर भी कैसे बैठ सकता था। वह तो मुझे इस बात के लिए तो कोई भी दंड दे सकता था। किन्तु मेरे साथ साथ ही चंपू भी इस संकट में फंस गया था। अब सरदार फानी निश्चित ही मेरे साथ साथ चंपू के साथ भी कोई अच्छा व्यवहार करने वाला नहीं था।

चलते चलते मैं सोच रहा था कि अब इस विपत्ति से कैसे बचा जा सकता है। यहां से तो बच निकलने का भी कोई मार्ग नहीं सुझाई दे रहा था। इस समय चंपू से भी कोई विचार विमर्श करना संभव नहीं था। उस के विचारों का भी मुझे कोई पता नहीं चल पा रहा था कि वह क्या सोच रहा है। अब तो आने वाले समय की तथा परिणाम की ही कल्पना की जा सकती थी। बेचारा मेरा बेकसूर दोस्त चंपू भी मेरे साथ इस विपत्ति में फंस गया था।

अब तो मुझसे चला भी नहीं जा रहा था। सुबह से भागते भागते वैसे ही हम दोनों बुरी तरह से थक गए थे, कुछ क्षण सुस्ताने के लिए बैठे ही थे कि इस संकट में घिर गए। अब तो एक एक पग उठाना भी हमारे लिए बहुत भारी लग रहा था, किन्तु अब निरंतर चलते रहने के अतिरिक्त अन्य कोई मार्ग भी नहीं था। जैसे ही एक पल के लिए भी हमारी गति में कुछ

भी धीमापन आता तो वो लोग साथ में लिए हुए भाले से निर्ममता के साथ आगे की ओर धकेल देते।

किसी प्रकार गिरते पड़ते तथा उन लोगों द्वारा धकियाते हुए हम रात होते होते वापिस कबीले में पहुंचे। वहां पहुँचते ही वो लोग हम दोनों को सरदार के पास ले गए।

सरदार शायद हमारा ही इंतजार कर रहा था। हमें देखते ही सरदार फानी की आँखों से क्रोध की ज्वाला निकलने लगी। हमें लगा कि शायद अब वह बिना कुछ भी सोचे समझे हमारा सर धड़ से अलग कर देगा। किन्तु ना जाने क्यों उसने हमें बाँध कर ले आए लोगों को कुछ इशारा किया और कहा, "ले जाओ इन दोनों को और मैदान में खम्भे के साथ कस कर बांध दो। इसका फैसला अब कल सुबह काल भैरव के सामने ही करेंगे।"

इतना कहकर वह अपने कुछ साथियों के साथ एक ओर चला गया।

हम चुपचाप हमें लाने वाले लोगों के साथ एक बड़े से मैदान में ले जाए गए। यहां एक ओर एक बहुत बड़ी सी पत्थर की आदमकद मूर्ति थी, जिसे काल भैरव के नाम से जाना जाता था। इस स्थान पर आमतौर पर किसी को भी तब लाया जाता था जब उसकी इस देवता के सम्मुख बलि देनी होती थी।

(8)

हम दोनों को साथ साथ ही अलग अलग स्तंभों के साथ इस प्रकार से कस कर बांध रखा था कि हमारे लिए अपने हाथों तक को भी हिला पाना संभव नहीं था। फिर भी इतनी सहूलियत अवश्य ही थी कि हम आपस में एक दूसरे से बातचीत कर सकते थे। पर ऐंसी परिस्थिति में इस के अतिरिक्त और बात भी क्या की जा सकती थी कि इस संकट से किस प्रकार से मुक्ति मिल सकती है पर इससे भी कोई लाभ नहीं था। मैं तो आशा की किरण की एक आस लगाए हुए था कि शायद मांगी ही हमारी कोई सहायता कर सकने में सफल हो जाए। किन्तु अब तो धीरे धीरे सुबह भी होने लगी थी। क्षितिज की ओर से सूर्य की लालिमा का भी विस्तार प्रकट होने लगा था।

हम दोनों ही मुक्ति की एक धूमिल सी आस होने के साथ साथ ही आने वाले समय में अपने अंजाम की भी कल्पना करने लगे थे। धीरे धीरे समय व्यतीत होता जा रहा था। आस पास पक्षियों का कलरव सुनाई देने के साथ साथ ही हमें आसपास आते जाते पालतू पशु भी दिखाई देने लगे थे।

इसके साथ साथ ही लोगों की चहल पहल भी बढ़ने लगी थी। वो सभी विचित्र सी निगाहों से हमारी ओर देख रहे थे। उनकी दृष्टि में एक प्रकार से हमारे लिए हमदर्दी थी। शायद इसलिए कि वो सब जानते थे

कि हमारे यहां बंधे होने का क्या अर्थ है और उन्हें इस बात का एहसास भी था कि कुछ ही देर पश्चात हमारा क्या अंजाम होने वाला है।

जैसे जैसे समय व्यतीत होता जा रहा था हमारी मुक्ति की सम्भावना भी धीरे धीरे समाप्त होती जा रही थी। सूर्य देव भी क्षितिज में से उभर कर आकाश में स्थापित हो गए थे और उनकी दृष्टि भी हमारी ओर ही थी। लग रहा था कि जैसे हमें इस प्रकार से असहाय अवस्था में बंधा हुआ देखकर शायद वो भी कुछ क्रोधित हैं।

व्यतीत होते समय के साथ ही हमारे आसपास लोगों की भीड़ भी बढ़ती जा रही थी। फानी सरदार तथा उसके साथी भी आने लगे थे। फानी सरदार आते ही काल भैरव के सामने एक तरफ पत्थर की शिला पर बैठ गया था। उसके साथी भी उसके साथ ही आकर खड़े हो गए थे।

अब तक मेरे तथा चम्पू के मां बाप के साथ साथ ही मेरे भाई बहनों तक भी यह खबर पहुँच चुकी थी। तभी वो सभी भी बदहवास से दौड़ते हुए यहां आ गए थे।

वो समझ रहे थे कि हमने कोई न कोई अपराध अवश्य ही किया है जिसके परिणाम स्वरूप फानी सरदार ने हमें इस प्रकार से बांध रखा है और अब इसके लिए हमें कोई कठोर दंड देने वाला है। उसकी क्रूरता से तो अन्य लोगों की भांति ही वो सभी भी परिचित ही थे। वो जोर ज़ोर से दहाड़ें मारते हुए रो रहे थे। किन्तु सरदार फानी के सामने उनकी एक भी नहीं चल सकती थी। इसलिए वो रोने के अतिरिक्त कुछ भी नहीं कर सकते थे और बिलख बिलख कर रोये ही जा रहे थे।

इसी मध्य वहाँ पर बहुत भीड़ जमा हो गयी थी। तभी वहाँ पर एक ओर से ढोल नगाड़ों की टोली आ गयी और वो ज़ोर ज़ोर से ढोल तथा नगाड़े पीटने लग थे।

सभी के लिए जैसे वहाँ पर एक प्रकार का तमाशा सा लगा हुआ था। बात शायद थी भी कुछ ऐंसी ही। अभी तक सभी को पता चल ही चुका था कि हमारा कसूर क्या था और हमें क्यों वहां पर इस प्रकार से बाँध कर रखा गया है।

वहाँ पर उपस्थित सभी लोग सरदार फानी की क्रूरता को तो जानते ही थे, किन्तु यहां पर बात उसकी बेटी मांगी की भी थी। इसलिए भीड़ में उपस्थित सभी लोग यह जानने के लिए भी उत्सुक थे कि सरदार फानी अब हमारे लिए क्या दंड निर्धारित करता है।

इस समय मुझे लग रहा था कि जैसे हमारा भी अंतिम समय आ गया है। बचाव का कोई भी मार्ग सुझाई नहीं दे रहा था। सरदार फानी की बेटी मांगी भी कहीं पर दिखाई नहीं दे रही थी। उसकी उपस्थिति से कुछ उम्मीद हो सकती थी। किन्तु वह भी ना थी। ना जाने इस क्रूर सरदार ने उसके साथ क्या व्यवहार किया है। कुछ भी कहा नहीं जा सकता था। यह किसी के साथ कुछ भी कर सकता था। इसके विषय में पहले से ही बहुत सी बातें प्रचलित थीं कि यह कभी भूल हो जाने पर अपने घर परिवार वालों को भी क्षमा करने वालों में से नहीं था। अब तो एकमात्र भगवान पर ही भरोसा था।

तभी सरदार फानी ने ढोल नगाड़े बजा रहे लोगों को कुछ इशारा

किया। जिसे समझ कर उन्होंने और भी ज़ोर ज़ोर से ढोल ओर नगाड़े को पीटना आरम्भ कर दिया। इसके साथ ही उनके पीछे से एक नृत्य करने वाली टोली निकल कर बाहर आयी और स्थानीय भाषा में गाते हुए नृत्य करने लगी। यह सब बहुत ही भयंकर था। क्यूंकि जब ऐसा होता था तो ऐसे समय में जिसको सज़ा देनी होती थी उसे सामने लाकर काल भैरव के सामने बलि दे दी जाती थी। ऐसा मैंने भी अपनी अब तक की ज़िंदगी में तीन चार बार देखा था।

अब तो मुझे अपने सामने साक्षात मृत्यु दिखाई देने लगी। चंपू के चेहर का रंग भी भय से पीला पड़ गया था। अपनी मौत को सामने देख कर किसी की भी ऐंसी हालत का होना स्वाभाविक ही था।

व्यतीत होते समय के साथ साथ ढोल तथा नगाड़ों की आवाज़ तेज़ होने लगी और इसके साथ ही नृत्य करने वाली टोली का भी स्वर भयानक होने लगा।

उसी समय सरदार फानी ने अपने साथ खड़े अपने लोगों से कुछ कहा, जिसे सुन कर कुछ लोग चंपू के पास चले आये और उसके हाथ पांव खोलने लगे। हाथ पांव खोल कर वो उसे नाचती जाती हुई टोली की ओर धकेलने लगे। चंपू के शरीर में तो मानों प्राण ही नहीं बचे थे। फिर भी वो लोग उसे कहाँ छोड़ने वाले थे। वो बलपूर्वक उसे घसीटते हुए ही नाचती गाती टोली के मध्य ले आये। वहाँ पर एक शिला रखी हुयी थी। शिला के पास ले जा कर उन्होंने चंपू के नीचे बैठ कर अपनी गर्दन आगे की ओर झुकाने के लिए कहा। चंपू ने जैसे ही अपनी गर्दन नीचे की ओर झुकाई तो तभी उन लोगों ने सरदार फानी की ओर देखा। सरदार फानी ने

उसे अपनी ओर देखते ही सहमति में अपना सिर हिला दिया। इशारा पाकर अगले ही पल उसने अपने हाथ में पकड़ी हुयी तलवार का भरपूर वार चंपू की गर्दन पर कर दिया। चंपू की गर्दन लुढ़क कर एक ओर जा गिरी और इसके साथ ही उसका शेष धड़ भी नीचे जमीन पर गिर गया।

उसी समय भीड़ में से बहुत ज़ोर का शोर सा उठा। चंपू के परिवार वालों का आर्तनाद था। वो बुरी तरह से चीख चिल्ला रहे थे।

तत्क्षण मेरी भी आंखें भींच गई। अब अगला नंबर मेरा ही था। चाहे अपने आप को मैं कितना भी सँभालने का प्रयास कर रहा है किन्तु था तो मैं भी एक इंसान ही। इतना भयंकर दृश्य देखने के बाद मेरा भी नियंत्रण में रहना मुमक़िन नहीं था। बस ! अगले ही क्षण मेरी भी गर्दन इसी प्रकार से कट कर नीचे लुढ़कने वाली थी। मेरी आँखों के सामने अंधेरा सा छा गया।

मेरे परिवार वालों ने भी इस दृश्य को देखा था और अब मेरा भी ऐसा ही परिणाम उनके सामने होने वाला था। जिसको सोचते हुए वो भी बुरी तरह से भयभीत थे और प्रलाप कर रहे थे।

जैसे ही मेरी तंद्रा लौटी तो मैंने उन्हीं लोगों में से कुछ को मेरी भी रस्सियों को खौलते हुए देखा जिन्होंने ने अभी कुछ देर पहले ही चंपू को बेरहमी से मौत के घाट उतार दिया था और अब मुझे भी लेने आ गए थे। उन्होंने मेरी भी रस्सियों खोल दी थीं और अब मुझे भी उसी बलि के स्थल की ओर धकेल कर ले जा रहे थे।

वहाँ पहुँचने से पहले मैंने एक दृष्टि फानी सरदार की ओर डाली जो अभी भी मुझे अपनी अंगार सी जलती हुई आँखों से घूरे जा रहा था। मानों रहम नाम की चीज़ तो उसके पास थी ही नहीं। फिर मैंने भीड़ में खड़े प्रलाप कर रहे अपने मां बाप तथा भाई बहनों की ओर देखा। वो सब भी बेचारे वेबस थे। कर भी क्या सकते थे। सरदार के आगे किसी की भी चलने वाली तो थी नहीं।

चंपू की तरह ही वो मुझे भी उस शिला के पास ले आये थे यहां पर अभी भी चंपू का खून बह रहा था और अब अगले ही पल मेरा भी खून उस में मिल जाने वाला था। तत्क्षण ही मुझे चक्कर सा आने लगा और मेरी गर्दन खुद व खुद ही झुकती चली गयी। इससे पहले कि मुझे भी बैठने के लिए कहा जाता और मेरी गर्दन भी कट कर चंपू की गर्दन की तरह ही धुल में गिर कर लौटने लगती और धड़ एक तरफ गिर कर तड़पने लगता, तभी एकदम से चारों ओर एक गहरी निस्तब्धता सी छा गयी। ढोल नगाड़ों का स्वर, नाच और गीत तथा लोगों का कोलाहल सब एकदम शांत सा हो गया था।

मेरी दृष्टि सामने सरदार फानी की ओर उठ गयी। वहाँ का दृश्य देख कर मैं भी चौंक गया। मुझे एक पल के लिए अपनी आँखों पर विश्वास ही नही हुआ।

मेरे सामने ही सरदार फानी के पास उसकी बेटी मांगी अपना विकराल रुप लिए खड़ी थी। उसके हाथ में एक तलवार थी, जो सरदार की गर्दन के साथ सटी हुयी थी।

"अपने सभी लोगों से कहो कि माचू को छोड़ दें।" मांगी ने चिल्लाकर सरदार से कहा।

इससे पहले कि सरदार फानी अपने लोगों को कोई हुक्म देता, मांगी ने स्वयं ही चिल्लाते हुए कहा, "माचू को छोड़ दो। नहीं तो तुम्हारे सरदार की गर्दन भी धड़ से अलग हो जाएगी।"

मुझे अपने साथ लाने वाले लोग भी मांगी का रौद्र रूप देख कर पल भर के लिए सहम से गए और ठिठक कर अपने सरदार की ओर देखने लगे।

मांगी सरदार की बेटी थी और सरदार भी उसके स्वभाव से परिचित ही था। वह जैसा कह रही थी वैसा कर भी सकती थी। उसने मांगी की ओर देखते हुए पहले तो उसे रोकने का यत्न किया, "मांगी ! यह क्या कर रही हो ? मैं तुम्हारा बाप हूँ। इसके साथ ही तुम अपने कबीले वालों से भी गद्दारी कर रही हो। तुम जानती हो इसका परिणाम क्या हो सकता है ?"

"मालूम है मुझे। तुम चंपू की तरह मेरी भी गर्दन धड़ से अलग करवा दोगे।"

"तुम ऐसा क्यों कर रही हो ?" सब कुछ जानते हुए भी उसने मांगी से पूछा।

"क्योंकि मैं माझी से प्यार करती हूँ और इसके साथ ही रहना चाहती हूँ।" मांगी ने निडर होकर कहा।

"लेकिन मांझी हमारे बराबर का नहीं है।"

"तो क्या हुआ। हम दोनों ही एक दुसरे से प्यार तो करते हैं। हमें कोई भी अलग नहीं कर सकता।

"मांझी को छोड़ देने के लिए कहते हो या मैं तुम्हारी गर्दन भी धड़ से अलग कर दूँ।" मांगी ने एक बार फिर से उसे चेतावनी देते हुए कहा।

अब सरदार के सामने अन्य कोई चारा नहीं था। विवश होकर उसे भी अपने लोगों को मुझे छोड़ देने के लिए कहना पड़ा। उसने हाथ उठा कर मांझी को छोड़ देने के लिए संकेत किया।

सरदार का संकेत पाते ही उन्होंने मुझे छोड़ दिया। जैसे ही उन्होंने मुझे छोड़ा तभी मांगी ने चिल्लाकर मुझ से कहा, "मांझी ! तुम भाग जाओ। वो सामने घोड़ा बंधा हुआ है।"कहते हुए मांगी ने एक ओर वृक्ष के साथ बंधे हुए घोड़े की ओर संकेत किया।

"उसे लेकर तुम जितनी शीघ्र हो सके इस कबीले से दूर भाग जाओ। कहीं बहुत दूर। यहां सरदार के लोग कभी भी तुम तक न पहुँच सकें।"

पल भर के लिए मैं मांगी की ओर देखता ही रह गया। मैं भी मांगी से बहुत ही प्यार करता था। मेरे जाने के बाद वह भी विपत्ती में फंस जाने वाली थी। उसे विपत्ती में छोड़ कर कैसे भाग जाऊं। यह मेरी कायरता थी। मैं जानता था कि मेरे जाने के बाद सरदार फानी मांगी के साथ भी

कोई अच्छा व्यवहार नहीं करेगा। निश्चित ही वह उसे भी जीवितछोड़ने वाला नहीं था। किन्तु ऐंसी परिस्थिति में मैं क्या करूँ भी तो क्या करूं ? मेरी समझ में कुछ नहीं आ रहा था।

तभी मेरी मनोभावना को समझते हुए मांगी ने चिल्लाकर कहा, "तुम मेरी चिंता नहीं करो।" मुझे कुछ नहीं होगा। मैं शीघ्र ही तुम से आकर मिल जाउंगी। तुम अब देर ना करो और जितना शीघ्र हो सके यहां से भाग जाओ।"

परिस्थिति को भांपते हुए अब मेरा यहां से भाग जाना ही उचित था। रही मांगी की बात तो हो सकता है उसने इस विषय में भी कुछ न कुछ सोच ही रखा होगा। वैसे भी मेरा यहां रुकने का कोई औचित्य भी नहीं था। मैं इस समय उसकी कोई सहायता तो कर नहीं सकता था, विपरीत उसके लिए ही कोई कठिनाई पैदा कर देता और उसके किये हुए प्रयास को भी व्यर्थ कर देता। इसलिए मैं तुरन्त ही सामने वृक्ष से बंधे हुए घोड़े की ओर भागा और उसे खोल कर उस पर सवार हो कर एड़ी मारते हुए जितना तीव्र हो सकता था उसे भगाने लगा।

मेरे भागते ही पीछे से शोरगुल का एक तूफ़ान सा उठा। क्यों और कैसे ? ना तो यह मुझे मालूम था और ना ही मालूम हो ही सकता था। फिर भी किसी विपत्ती की आशंका से मैं घोड़े को ओर भी तीव्रतम गति से भागने लगा। अब मैं किसी भी मूल्य पर उन लोगों के हाथ में नहीं आना चाहता था। उन के हाथ में आने का सीधा सीधा मतलब था एक बार सौभाग्यवश टल गयी मौत को फिर से निमंत्रण देना।कहने को मैं धोखेबाज भी कहा जा सकता था। मैं मांगी को भगवान के भरोसे छोड़

आया था लेकिन इसके अतिरिक्त मेरे पास अन्य कोई मार्ग भी तो नहीं था।

इसी प्रकार मैं घोड़े को कितनी देर तक और किस दिशा में भगाता रहा यह मुझे भी मालूम नहीं था। बस ! जैसे ही घोड़े की गति थोड़ी भी कम होती तो मैं उसे एड लगा कर ओर भी गति से भागने के लिए विवश करता। मैं ऐसा तब तक करता रहा जब तक कि घोड़ा निढाल हो कर गिर ना पड़ा और तुरंत ही उसेक प्राण पखेरू उड़ ना गए।

उस समय भी मुझ पर सरदार फानी का भय इस प्रकार से व्याप्त था कि मैं क्षण भर के लिए भी रुक कर किसी विपत्ति को निमंत्रण नहीं देना चाहता था। रुकता भी तो कैसे? मैंने अपनी आँखों के सामने ही तो अपने मित्र चंपू को मौत के घाट उतारे जाते हुए जो देखा था।

पल भर के लिए मैंने अपने घोड़े को देखा, जिसने अब तक मेरा साथ निभाया था और फिर आगे की ओर अनिश्चित दिशा में भागने लगा। भागता रहा। तब तक भागता रहा जब तक कि मेरे पांवों ने भी ओर भागने से इंकार कर दिया। विवश हो कर मैं एक ओर झाड़ियों की ओट में एक प्रकार से छुप गया।

हालांकि अब तक मैं सरदार फानी और अपने कबीले से बहुत दूर चला आया था और अब मैं कहां था और किस दिशा में था यह मुझे भी नहीं मालूम था। अब मुझे सरदार फानी अथवा अन्य किसी से किसी भी प्रकार का कोई भी भय नहीं था। फिर भी अब मुझे अपने रहने तथा खाने पीने के लिए भी तो किसी नए मार्ग की तलाश करनी थी।

इस समय तक दोपहर ढल चुकी थी। मैं थोड़ा सा निश्चिंत होकर एक पेड़ की छाया में उनींदा हो कर लेट गया। मुझे मांगी की याद आने लगी। ना जाने अब वह किस अवस्था में हो। उसका क्या परिणाम हुआ हो। मैं उस के अपने प्रति प्रेम तथा इस साहस पूर्ण कार्यवाही को याद करते हुए भावविहल सा हो गया। मेरी आँखें भर आयीं। किन्तु मेरे हाथ में था भी क्या ? सब कुछ भाग्य पर ही छोड़ते हुए मैं भगवान् को याद करते हुए आगे के मार्ग के विषय में सोचने लगा।

(9)

अब यह रात जंगल में ही काटने के अतिरिक्त अन्य कोई उपाय भी नहीं था। कहीं भी आसपास किसी कबीले या बस्ती का अभी तक कोई संकेत नहीं मिल पाया था। इसलिए जैसे कैसे भी यह रात मैंने जंगल में ही व्यतीत करने की सोची और एक ओर सुरक्षित झाड़ियों में जाकर सोने का प्रयत्न करने लगा। नींद इतनी सरलता आने वाली थी किन्तु जिस प्रकार से मैंने मौत के चुगल से बचने के प्रयास में भाग दौड़ की थी इससे थकावट भी बहुत ही अधिक हो गयी थी। फिर कहते भी हैं न कि जब नींद तो काँटों के बिस्तर पर भी आ जाती है। थोड़ी देर सोने का प्रयास करने पर नींद आ गयी।

सुबह के समय पक्षियों के कलरव से ही नींद खुली। मैंने अपनी आंखें मलते हुए चारों ओर देखा। जगल का वातावरण। तभी मुझे अपनी स्थिति का आभास हुआ। मैं सोचने लगा, किन परिस्थितियों में मैं भागने पर विवश हुआ था। किस प्रकार मेरे मित्र चंपू को मेरी खातिर अपने प्राण गंवाने पड़े थे। किस प्रकार से मांगी ने मुझे फानी सरदार के चुंगल से भागने में सहायता की थी। इसके साथ ही मैं मांगी को याद करते हुए कुछ विचलित सा हो गया। बेचारी मांगी के साथ ना जाने सरदार ने कैसा व्यवहार किया होगा। बेशक मांगी सरदार फानी की बेटी थी किन्तु वो बहुत ही क्रूर था। उसके सामने किसी भी सम्बन्ध अथवा भावना का कोई भी महत्व नहीं था। भगवान करे वह सुरक्षित हो। किन्तु उसके विषय

में जानने का इस समय मेरे पास कोई भी उपाय नहीं था।

अब जो भी था जैसा भी था वो ही मेरा भाग्य था। यह सोचते हुए मैं उठा और मैंने अपने आसपास दृष्टि घुमाई। मुझसे लगभग आधा किलोमीटर की दूरी पर एक नदी बहती हुई दिखाई दी। मैंने कुछ ओर ना सोचा और उसी की ओर चल पड़ा। वहां पहुंचने से पहले मैं नित्यक्रम से निवृत हुआ और फिर नदी के तट पर पहुंच गया। इसे नदी कहने की अपेक्षा एक खड्ड कहना अधिक उपयुक्त था, जिसमें कुछ अधिक ही जल बह रहा था। मैंने अंजली से उसमें से थोड़ा सा जल लेकर पहले कुल्ला किया और फिर अपनी प्यास बुझाई। हालांकि कल की हुई घटनाओं का भय अभी भी मुझ पर बुरी तरह से छायादार हुआ था किन्तु दो दिन से शरीर के भीतर अन्न का एक दाना भी ना जाने से अब भूख का भी एहसास हो रहा था। मैंने अपने चारों ओर दृष्टि दौड़ाई तो पास में ही मुझे एक केले का तथा एक बेर का वृक्ष दिखाई दिया। मैंने उनके पास जाकर कुछ केले और बेर के फल तोडे और उन से अपनी भूख मिटाई। उसके बाद मैंने नदी के किनारे किनारे ही एक अनिश्चित मंजिल की ओर अपने कदम बढ़ा दिए।

अभी इस दिशा में मैं कुछ ही कदम चल पाया था कि तभी मुझे अपनी ओर के किनारे के साथ साथ ही नदी में कुछ बहता हुआ सा दिखाई दिया। ऐसा लग रहा था कि जैसे कोई लाश थी।

यह किसकी लाश है ? यह नदी में कैसे आई ? जब यह लाश कुछ करीब आई तो स्पष्ट हो गया कि यह लाश किसी औरत की थी। वैसे यह लाश नदी के उस किनारे के साथ ही थी जिधर से मैं उत्सुकता से उस

की ओर बढ रहा था। फिर जैसे ही उस औरत की लाश बहती हुई मेरे समीप पहुंची तो मानों मुझ पर एक पहाड़ सा ही टूट कर गिर पड़ा हो। यह लाश मेरी प्यारी मांगी की थी। मांगी ! जिसने मुझे बचाने के लिए अपने प्यार के लिए अपनी जान तक दे दी।

मैं तुरंत ही घुटने तक पानी की धार में चला गया। मैंने हाथ बढ़ा कर उसे अपनी ओर खींचा और किनारे की ओर धकेल कर ले आया। किनारे से निकाल कर मैंने उसे भूमि पर रख दिया। पलभर के लिए मैं उसकी ओर देखता ही रहा। अब आज के बाद मैं इसे कभी भी नहीं देख पाऊँगा। कितना प्यार करती थी यह मुझे। सोच कर मेरी आंखें आंसुओं से भर आयीं।

अब मेरा कर्तव्य था कि यथासंभव इसके शरीर का अंतिम संस्कार किया जाए, किन्तु मेरे पास तो इसके लिए यहां पर कोई भी साधन नहीं था। मेरे पास तो आग जलाने का भी कोई साधन नहीं था। फिर आग का जलाया जाना किसी भी दृष्टि से सुरक्षित भी तो नहीं था। इसलिए मैंने इसे भूमि में ही दफ़न कर के इस का अंतिम संस्कार करने का निश्चय किया। यही सब कुछ सोचते हुए मैं जंगल में एक ओर गया और वृक्ष की एक बड़ी सी शाख तोड़ लाया। इसे किसी प्रकार से मैंने अपने हाथों से ही छील कर थोड़ा पैना सा बनाया और यथासंभव इससे ही भूमि पर खुदाई करने लगा।

थोड़ी ही देर में मैंने पर्याप्त खुदाई कर ली जिसमें कि मैं मांगी की लाश को सदैव के लिए चिरनिद्रा में सुला कर उसका अंतिम संस्कार कर सकूं।

मैंने मांगी की लाश को अपने बाजुओं में उठाया और सावधानी पूर्वक उसे गड्ढे में लिटा दिया। इसके पश्चात मैंने आसपास पौधों व झाड़ियों से कुछ फूल इकट्ठे कर उसे श्रृद्धांजली अर्पित करते हुए उस पर मिट्टी डालना आरम्भ कर दी।

अभी मैं उस पर मिट्टी डाल ही रहा था कि तभी मैंने अपने आसपास कुछ कोलाहल सा सूना। मैं तुरंत ही चौकन्ना हो गया और उस ओर देखने लगा जिधर से यह शोर-शराबा सुनाई दे रहा था कि यह शोर शराबा कैसा है। अभी मैं कुछ समझ पाता कि तभी कुछ अजनबी लोगों ने आकर मुझे अपने घेरे में ले लिया। सभी मेरे लिए अजनबी ही थे। शायद पास के कबीले के थे। वो मुझ से पूछने लगे कि मैं कौन हूँ और यहां पर क्या कर रहा हूँ ?

मैंने यथासंभव उन्हें समझाने का प्रयास किया किंतु, वो मेरी बातों से संतुष्ट नहीं थे या होना नहीं चाहते थे। वो समझ रहे थे कि मैंने कबीले की किसी युवती की हत्या की है और अब उसे छुपाने के लिए गड्ढा खोदकर लाश को छुपा कर सबूत मिटाने की कोशिश कर रहा हूँ।

एक बार फिर से पूर्व घटनाक्रम चरितार्थ होने लगा। उन्होंने भी मुझे रस्सियों से जकड़ लिया और बाँध कर अपने साथ ले जाने लगे। इसके साथ ही उन्होंने मांगी की लाश को फिर से गड्ढे से निकाला और उसे भी अपने साथ ले जाने लगे।

भाग्य को ना जाने क्या मंजूर था। मेरे साथ यह क्या बर्ताव करेंगे यह तो आने वाला समय ही बता सकता था लेकिन मांगी की लाश की इस

प्रकार से दुर्दशा मेरे लिए असहनीय थी। लेकिन मैं कर भी क्या सकता था ? मेरे हाथ उन्होंने पीछे की ओर करके कस कर बांध दिए गए थे। इसलिए मेरे लिए अब चुपचाप इनके साथ साथ चलने के अतिरिक्त अन्य कोई हल भी नहीं था। यदि मेरे हाथ मुक्त होते तो भी कुछ किया जा सकता था। कम से कम अंतिम साँसों तक इन से लड़ तो सकता ही था। वैसे मैं इतना निर्बल भी नहीं था। तीन चार से तो आसानी से निपट सकता था किन्तु इस बार परिस्थितियां ही कुछ इस प्रकार से रहीं कि मैं बहुत कुछ करना चाहते हुए भी कुछ नहीं कर सका।

इसी प्रकार चलते चलते हमें लगभग एक घंटे का समय हो गया। सामने ही बस्ती नज़र आने लगी थी। हमें देखते ही बस्ती के बच्चे बूढ़े हमें चारों ओर से घेर कर इकट्ठे होने लगे। वो सभी शोरगुल कर रहे थे। उनके लिए यह सब एक प्रकार का तमाशा ही था।

इसी शोरगुल में ही मुझे एक बड़े से मैदान में ले आया गया। वहाँ ला आकर उन्होंने मुझे उसी प्रकार फिर एक खम्बे के साथ बांध दिया जिस प्रकार सरदार फानी के लोगों ने मुझे और चंपू को बांधा था।

अभी वो भी मुझे बांध कर अलग ही हुए थे कि तभी भीड़ में से एक और से फिर कुछ शोर सा उभरा। जैसे ही मैंने दृष्टि उठा कर उस ओर देखा तो सामने ही कुछ लोग पालकी जैसी सवारी पर किसी को ले कर आ रहे दिखाई दिए। उसके साथ साथ ही आठ दस उसके रक्षक जैसे दिखने वाले लोग भी साथ थे। जिसे देख कर लगता था कि पालकी में सवार की कबीले में कोई विशेष ही हैसियत होगी।

मांगी की लाश को लेकर सामने ही पत्थर की एक बड़ी सी शिला के पास रख दिया गया। जिसके रखते ही वह विशेष हैसियत वाला व्यक्ति उसमें से उतरा और सुविधा अनुसार शिला पर बैठ गया। उसके बैठते ही मुझे बांध कर लाने वाले लोग उस के पास चले गए और उसे कुछ बताने लगे जो इतनी दूर से मुझे नहीं सुनाई दे रहा था। जिसे सुनते ही वह विशेष हैसियत वाला व्यक्ति मारे क्रोध के उठ कर खड़ा हो गया। फिर तीव्र कदमों से चलता हुआ वह मांगी की लाश के समीप चला आया। लाश के पास आ कर कुछ पल तक तो वह उसे घूरता रहा और फिर भीड़ की ओर देख कर ऊंची आवाज़ में कुछ कहा जो मेरी समझ में कुछ भी नहीं आया।

फिर कुछ देर खामोशी सी छाई रही। उसके पश्चात वह व्यक्ति फिर से जाकर उस शिला पर ही बैठ गया और फिर उन व्यक्तियों से कुछ वार्तालाप करने लगा जो मुझे बांध कर यहां तक ले कर आये थे।

शायद वह उन्हें कुछ हिदायतें दे रहा था। जिसके तुरंत बाद ही कुछ लोगों ने आकर मांगी की लाश को उठाया और एक ओर ले जाने लगे। जिसे मैं चुपचाप देखता रहा। वो लोग मांगी की लाश को लेकर कहां चले गए, इसका मुझे कुछ भी पता नहीं चल सका। हां ! उसे ले जाने के साथ ही वहां पर शोर का जैसे एक सैलाब सा मचलने लगा।

उन्हीं में से कुछ लोग जो मुझे यहां तक लेकर आये थे फिर से मेरी ओर आये और मेरे हाथ खोल कर मुझे भूमि पर पड़े हुए एक लकड़ी के खम्भे की ओर ले गए। यह खंभा एक ओर से तो समतल था लेकिन दूसरी ओर से बहुत नुकीला बना दिया गया था। जिसकी नुकीलेपन ऊपर

मुझे बांधा जाने लगा। अब मेरी समझ में उनका मंतव्य आने लगा। वो मुझे सूली पर चढ़ाने की तैयारी कर रहे थे। उन्होंने मुझे उस खम्बे की नोकीली ओर इस प्रकार से बाँध देना था, कि जब उसे उठाया जाता तो वो मुझे नीचे से छेद कर सर के पार हो जाता। फिर वो उसे भूमि में ना जाने कितनी देर तक गड़ा ही रहने देते। इस सब की कल्पना करते ही मेरी रुह तक काँप गयी। अपने इस प्रकार के अंजाम की तो मैं कभी कल्पना भी नहीं कर सकता था।

मैं उनकी कार्यवाही देखते हुए भयभीत हो रहा था। हालांकि मैं मौत से नहीं डरता था, लेकिन इस प्रकार की भयवानी मौत की तो कल्पना मात्र से ही रौंगटे खड़े हो जाते हैं। में भी तो आखिर एक इंसान ही था।

समय बहुत तीव्र गति से व्यतीत हो रहा था। इस मध्य उन्होंने मुझे अपनी इच्छा अनुसार उस खम्भे के साथ बांध दिया था और उसे उठाने की ही तैयारी कर रहे थे। जिसका मतलब था कि अब मेरी मौत होने में कुछ ही समय शेष था।

मैंने घबरा कर अपनी आंखें बंद कर लेने का प्रयास किया। किन्तु उसी क्षण एक विचित्र सी बात हुई। मुझे मेरी आँखों के सामने ही आकाश में वह परी तैरती हुई दिखाई दी, जो मेरी यात्रा के आरम्भ में तब मुझे दिखाई दी थी जब मेरी छोटे से बालक के साथ भेंट हुई थी।

उसे देखते ही मैं भौंचक्का सा होकर रह गया। मैं अपलक नेत्रों से उसकी ओर ही निहारने लगा। फिर सहसा ही शरीर में एक चुभन और

मर्मान्तक पीढ़ा का एहसास हुआ। इसके साथ ही शायद मेरी आत्मा ने मेरे शरीर का साथ छोड़ दिया था।

(10)

उस समय मुझे ऐसा लग रहा था कि जैसे मैं सुहानी हवाओं के बिस्तर पर लेटा हुआ तैर रहा हूँ। मैंने अपनी आंखों को खोला तो अपने चारों ओर अनंत आकाश का ही आभास हुआ।

एकाएक ही मेरी समझ में कुछ भी नहीं आया। मैं अपने अस्तित्व को पहचानने का प्रयास करने लगा। मैं जीवित हूँ या मृत ! यदि जीवित हूँ तो यह सब क्या है एवं मृत हूँ तो क्या स्वर्ग में हूँ ?

अभी मैं इसी विचारधुन में ही खोया हुआ था कि तभी मेरे साथ साथ ही हवा में उड़ती हुई चिरपरिचित परी दिखाई दी। वह मेरी ओर देखती हुई मंद मंद मुस्कुरा रही थी। मुझे अपनी ओर देखता देख कर उसने कहा, "मुझे मालूम है कि इस समय तुम अपनी स्थिति से बहुत ही अचंभित हो। तुम्हारी समझ में कुछ नहीं आ रहा होगा कि यह सब क्या है। यह स्वाभाविक भी है। वास्तव में ही इस समय तुम्हारी स्थिति कुछ ऐंसी ही है। तुम्हारी मृत्यु हो चुकी है। इस समय तुम एक शरीर नहीं बल्कि एक आत्मा हो। तुम्हारा शरीर पृथ्वी पर ही रह चुका है।

तुम्हें अभी यह सब स्मरण ही होगा कि तुम्हारा नाम माचू है और किन हालात में तुम्हारी मृत्यु हुयी थी। हम सभी सरदार फानी के कबीले में रहते थे।" वह मुस्कुराते हुए मुझे बता रही थी।

"हम का मतलब !" मैंने आश्चर्य से उसकी ओर देखते हुए पूछा।

"हम से मतलब, मैं और तुम !" उसने मुस्कुराते हुए उत्तर दिया।

"नहीं समझे ना !" कुछ पल रुक कर उसने फिर कहा, "तुम पूर्व जन्म के माचू और मैं से मतलब मांगी ! मैं तुम्हारी मांगी हूँ।"

कहते हुए वह फिर से मुस्कुरा दी, "मैं हर जन्म में तुम्हारे साथ साथ ही रही हूँ और आगे भी हम साथ साथ ही रहेंगे। हमारा जन्म जन्म का साथ है। हम हर जन्म में साथ साथ ही रहते हैं किन्तु जब भी हमारा एक जन्म समाप्त होता है तो हम पूर्व जन्म को भूल जाते हैं।"

"लेकिन यह सब तुम कैसे जानती हो। तुम्हें यह सब कैसे याद है ?" मैंने आश्चर्य के साथ उस से पूछा।

मुझे यह सब इसलिए याद है कि एक जन्म में तुमसे बिछुड़ जाने के पश्चात मैं बहुत दुखी हो गई थी और जब मैं आत्महत्या करने चली थी तो मुझे एक साधु महाशय ने बचा लिया था। फिर मैं उनके साथ ही रहने लगी और उनकी खूब सेवा की थी। तब एक दिन उन्होंने मेरी मेरी सेवा से प्रसन्न होकर तथा मेरी व्यथा को जानकर और इसे समझते हुए मुझे समझाया कि मुझे दुखी नहीं होना चाहिए। अगले जन्म में तुम फिर से मुझे मिल जाने वाले हो। उन्होंने मुझे यह भी समझाया कि इस जन्म भी यदि तुम अप्रत्याशित रूप से अलग हुए हो तो यह पूर्व जन्म में तुमसे हुई किसी भूल के कारण ही है। कर्म का फल तो हर किसी को भुगतना ही पड़ता है । लेकिन चूँकि मेरा और तुम्हारा जन्म जन्म का साथ है,

इसलिए अगले जनम में भी हमारा पुनर्मिलन अवश्यम्भावी है।

ऐसा सभी के साथ होता है। सभी हर जन्म में अपनी इच्छा अनुसार ही अपने साथी का चुनाव कर सकते हैं। किन्तु जन्म जन्म का साथ उन्हीं का होता है, वो ही अपने पूर्व जन्म के साथी को चुन सकते हैं जिनकी आपस में गहन आसक्ति होती है।

मैं तुम्हारे आपसी प्रेम तथा मेरे प्रति सेवा भाव से बहुत ही प्रसन्न हूँ और तुम्हें इस बात का वरदान देता हूं कि तुम हर जन्म में हर पल किसी न किसी रूप में अपने साथी के साथ समीप ही होगी। यही कारण है कि मैं अपनी मृत्यु के पश्चात भी परी के रूप में तुम्हारे साथ साथ ही रहती हूँ। जिसे तुम देखते तो हो किन्तु पहचान नहीं पाते।

अब जैसे ही हमारा फिर से जन्म होगा, उसके कुछ ही समय के पश्चात मेरा भी पुनर्जन्म हो जाएगा और में किसी न किसी रूप में तुम्हें पहचान कर तुम्हारे समीप आ जाउंगी। और तुम भी स्वाभाविक रूप से मुझ में अपनी चाहत को अनुभव कर मुझ से प्रेम करने लगोगे।" इतना कह कर परी चुप हो गई।

"अब हमारा अगला जन्म कब होगा ?" मैंने आश्चर्यचकित होते हुए उससे पूछा।

"इस विषय में तो मैं कुछ भी नहीं कह सकती किन्तु इतना अवश्य ही है कि अपने हर पुनर्जन्म के पश्चात मुझे कुछ भी याद नहीं रहता। हमारी मृत्यु के पश्चात जो कुछ भी होता है वो सब स्वयमेव ही होता है।"

परी ने मुझे बताया।

"अब हम कहाँ जा रहे हैं?" मैंने परी से जानना चाहा।

"इस विषय में भी मैं कुछ नहीं जानती।" परी ने फिर उसी मासूमिया से ही उत्तर दिया, "जो भी होगा जब होगा इसके विषय में बस हमारी नियति ही जानती है। मैं स्वयं भी नियति के हाथों का खिलौना मात्र ही हूँ। जो हो रहा है मैं केवल उसे देख ही सकती हूँ या जो हो चुका है उसे अपने एक जन्म तक ही याद रख सकती हूँ।"

इसके पश्चात हम दोनों में ही एक तरह की खामोशी सी छा गयी। फिर बहुत समय तक हम खामोश ही रहे। यूँ ही साथ साथ चलते हुए हम कब किसी स्थान पर पहुंच गए थे यह तो नहीं बता सकता, किन्तु इतना अवश्य ही है कि वहाँ पहुँचने पर चारों ओर हमें एक प्रकार की धुंध का साम्राज्य व्याप्त दिखाई देने लगा। आँखों के समक्ष सब कुछ धूमिल सा ही दृष्टिगोचर होने हो रहा था। फिर उसी वातावरण में कब मुझ पर एक प्रकार की तंद्रा सी व्याप्त होने लगी और उसने कब मुझे अपने आगोश में ले लिया कुछ पता ही नहीं चला।

(11)

जिस समय मेरी मूर्छा भंग हुयी उस समय क्या समय रहा होगा यह तो नहीं मालूम लेकिन इतना अवश्य ही लग रहा था कि यह दोपहर के बाद का ही समय है। आसमान पर सूर्य देव इस समय अपनी सुनहरी किरणों को बिखेरते हुए पूरे जलाल पर थे। जिससे प्रतीत हो रहा था कि अभी शाम होने में बहुत समय शेष है।

मैंने देखा कि मैं यूँ ही समतल मैदान में हरी भरी घास पर एक वृक्ष के नीचे लेटा हुआ था। जिसकी छाया इस समय धीरे धीरे मुझ से दूर होती जा रही थी। शायद यही कारण था कि सूर्यदेव की तीव्र किरणों की गर्मी ने ही मुझे जगा दिया था।

तभी मुझे अपनी स्थिति का विचार हो आया। उसी समय मेरा ध्यान अपने तन पर पहने हुए वस्त्रों की ओर चला गया। मेरे तन पर वो वस्त्र नहीं थे जो कुछ समय पूर्व विशाल दैत्याकार बवंडर आने के समय थे। इस समय मेरे तन पर ऐसे वस्त्र थे जैसे पुरातन काल में साधारण लोग पहना करते थे। यह सब क्या है ? यह सब कैसे हो गया ? मैंने हड़बड़ा कर अपने दाएं बाएं देखा किन्तु वहाँ पर मुझे कोई भी नहीं दिखाई दिया। ना ही तो वहाँ पर अभी तक की हमारी यात्रा में साथ साथ चल रहा वो बालक वहां पर था तथा ना ही मेरी जन्म जन्मांतर की साथिन हिम वाला ही वहां पर थी ! कहाँ गए यह दोनों ही ? मैंने चौंकते हुए अपने चारों

और दृष्टि घुमाई पर वहां पर उन दोनों में से कोई भी मुझे दिखाई नहीं दिया। उन दोनों का कहीं पर भी नामो निशां नहीं था।

मेरी समझ में कुछ भी नहीं आ रहा था कि अंततः वो दोनों कहाँ चले गए ? उन दोनों को तो यात्रा में मेरे साथ साथ ही रहना था। मुझे तो अपनी यात्रा के विषय में कुछ भी ज्ञात नहीं था। ना ही तो मुझे अपनी मंजिल का पता था और ना ही अपने मार्ग का। इस समय मैं कहाँ था यह भी मुझे मालूम नहीं था। इसके साथ ही मेरे सामने कई प्रश्न मुँह बाए खड़े हो गए थे। जिनका मेरे पास कोई भी समाधान नहीं था।

एकाएक मेरी समझ में कुछ भी नहीं आया। मैं अपने अस्तित्व को पहचानने का प्रयास करने लगा। मैं जीवित हूं या मृत ! यदि जीवित हूं तो यह सब क्या है एवं मृत हूं तो क्या स्वर्ग में हूँ ?

अभी मैं इसी उधेड़बुन में उलझा हुआ था कि अब मैं करूँ भी तो क्या करूँ ? मेरी समझ में कुछ भी नहीं आ रहा था। हिम वाला और वो बालक जो मेरे साथ इस यात्रा के सहयात्री थे उनका कहीं पर भी कोई नामोनिशान नहीं दिखाई दे रहा था। उन के बिना मैं पूर्णतया असहाय सी अवस्था में था।

तभी जैसे अंतर्ध्वनि ने मुझे जागरूक करते हुए कहा कि मुझे रुकना नहीं है। मुझे चलते ही जाना है। वैसे भी यहां पर रुके रहने का कोई औचित्य भी तो नहीं था। यही सोचते हुए मैं उठ खड़ा हुआ। एक बार फिर से मैंने उन दोनों को तलाश में अपने चारों ओर दृष्टि दौड़ाई किन्तु कहीं पर भी उन दोनों में से किसी का भी कोई संकेत या नामोनिशान नहीं दिखाई

दिया।

इससे पहले कि मैं चलने के लिए अपना एक भी पग आगे बढ़ाता सहसा ही मैं आश्चर्यचकित सा हो कर रह गया। मुझे अपनी बायीं ओर से एक नवयौवना आती हुई दिखाई दी। वह सीधे मेरी ओर ही आ रही थी। मैं पल भर के लिए उसे देखता ही रह गया। वह इतनी खूबसूरत थी मानों जैसे देवलोक से उतरी हुई कोई अप्सरा हो।

उसे देख कर मुझे ऐसा लग रहा था कि जैसे वह इतिहास के किसी प्राचीन काल से निकल कर चली आ रही हो। उसकी वेशभूषा से कुछ ऐसा लग रहा था जैसे कि वह किसी बहुत ही रईस तथा संभ्रांत परिवार से संबंधित थी। उसे देखते हुए मुझे विचित्र सा आभास होने लगा। यह कौन है और मेरी ओर क्यों चली आ रही है ? मैं आश्चर्य से उसकी ओर निहार रहा था।

उसकी मुस्कराहट तथा अंदाज़ से ऐसा लग रहा था जैसे कि वह मुझसे पूर्वपरिचित है। जबकि ऐसा था नहीं। वह मेरी पूर्व परिचित हो भी कैसे सकती है ? मैं तो उसे जानता तक भी नहीं था। उसे जानना तो दूर की बात है मैं तो उसे आज देख भी पहली ही बार रहा था। वैसे भी वर्तमान समय की तो वह लग ही नहीं रही थी। वह तो कोई मायावी युवती प्रतीत हो रही थी। मैं अपलक उसकी ओर ही निहार रहा था। थोड़ी ही देर में वह मेरे पास आ कर खडी हो गई और मेरी ओर देखते हुए मुस्कुरा दी।

"मुझे अधिक देर तो नहीं हो गई ?" मुस्कुराते हुए ही उसने मेरी ओर

देखते हुए पूछा।

मैं तो उस के इस प्रकार के अपनत्वपूर्ण व्यवहार को देखकर हतप्रभ सा ही हो कर रह गया। मेरी तो कुछ भी समझ में ही नहीं आया कि यह युवती अंततः है कौन और इस प्रकार क्यों मुझ से अंतरंग हो रही है ! मैं तो उसकी ओर देखता ही रह गया।

मुझे खामोश देखकर उसने एक तरह से मुझसे क्षमा मांगते हुए ही रुआंसे स्वर में कहा, "मुझे कुछ अधिक ही देर हो गई है लेकिन मेरी विवशता तो तुम समझते ही हो।"

मेरी तो कुछ भी समझ में ही नहीं आ रहा था कि मैं कहूं भी तो क्या ! अंततः यह युवती है कौन और मुझे कैसे जानती है, जबकि मैंने तो आज से पहले इसे कभी कहीं देखा ही नहीं। यह अलग बात थी कि आज से पूर्व के अपने जीवन के विषय में मैं स्वयं भी कुछ नहीं जानता था।

"आओ अब चलते हैं।" कहते हुए उसने मेरा हाथ पकड़ लिया।

मुझे ऐसी परिस्थिति में कुछ भी समझ में नहीं आ रहा था। एक ओर हिम वाला और उस बालक का भी कुछ पता नहीं था और दूसरी ओर यह विचित्र पहेली। फिर जैसे मेरी अंतरात्मा ने ही मुझे उत्प्रेरित किया कि मुझे इस युवती के साथ चलना चाहिए। वैसे भी मेरे पास इस समय और कोई मार्ग भी नहीं था।

मैं यंत्रवत सा उसके साथ साथ चलने लगा। यह अलग बात है कि मैं

उसे बिल्कुल भी नहीं जानता था, पर फिर भी उसके साथ चलते हुए मुझे कुछ ऐसा लग रहा था जैसे उसे मैं बहुत ही अच्छी तरह से जानता हूँ और मेरा उसके साथ चिरकाल कोई सम्बन्ध है। मैं सम्मोहित सा उसके साथ साथ चलने लगा। हम अभी दस कदम ही चले होंगे कि उसने अपने हाथ में मेरा हाथ ले लिया, "शिशु ! तुम तो जानते ही हो कि मैं तुम से कितना प्यार करती हूँ। अब मैं तुम्हारे बिना एक पल भी नहीं रह सकती। यह छुप छुप कर हम कब तक मिलते रहेंगे ?"

उसके इतना कहते ही मुझे लगा कि जैसे मेरी आँखों के सामने एक गहन धुंध सी छाई हुई थी जो अब धीरे धीरे साफ़ होने लगी है। धीरे धीरे मुझे सब कुछ याद आने लगा। सब कुछ मेरी आँखों के समक्ष स्पष्ट होने लगा। यह तो लाजवंती है। माया दास की बेटी ! जो नगर के धनाढ्य परिवारों में से एक था। जिनकी हवेली हमारे घर से लगभग एक कोस की दूरी पर थी। इन की हवेली के साथ ही हमारा चार बीघे का एक खेत भी था।

फिर ओर भी याद आने लगा। यह तो मेरी बचपन की सहेली थी। तब से जब मैं पाठशाला में पढ़ने जाया करता था। यह भी तो वहाँ ही पढ़ने के लिए दाखिल हुई थी। उस समय मैं चौथी कक्षा में पढ़ता था और यह दूसरी कक्षा में दाखिल हुई थी। इसे हम सभी सहपाठी लाजो कह कर बुलाया करते थे। शायद इसलिए कि इसके घर में भी सभी परिवार के सदस्य उसे प्यार से लाजो ही कहते थे। लाजो स्वभाव से बहुत ही अच्छी लड़की थी। इसलिए भी सभी सहपाठियों में यह बहुत प्रिय थी।

पाठशाला में हमारा साथ लगभग दो वर्ष ही रहा था। इसके पश्चात

मैने परिवार की आर्थिक परिस्थिति के कारण पढ़ाई छोड़ दी थी, किन्तु इसके उपरांत भी मेरा और लाजो का आपस में मेलजोल बना ही रहा। कभी न कभी किसी ना किसी स्थिति में हमारी आपस में मुलाक़ात हो ही जाती थी और फिर इसी प्रकार हमारी यह मुलाकातें कब प्यार में बदल गयीं पता ही नहीं चला। जब पता चला तो तब तक हम दोनों ही इतनी दूर चले आये थे कि अब वापिस लौट पाना शायद हमारे लिए संभव ही नहीं था।

हमने प्रयास तो बहुत किया कि अभी हमारे प्यार का किसी को भी पता ना चले किन्तु जैसा कि कहते भी हैं ना कि प्यार एक ऐंसी सुगंध की भांति है जो लाख छुपाने से भी कभी छुप नहीं सकती। हमारे प्यार की सुगंध भी धीरे धीरे फैलने लगी। इसलिए हमने संभल कर ही मिलने का निर्णय लिया।

अब हमारे सम्मुख सबसे बड़ी समस्या तो यह थी कि हमारी शादी होना इतना सुगम नहीं था। प्यार तो किसी को भी किसी से भी हो सकता है। कब किस से हो जाए कुछ पता ही नहीं चलता। इस पर किसी का भी कोई वश नहीं होता किन्तु किसी भी प्यार की क्या परिणीति होने वाली है यह किसी को भी पहले से मालूम नहीं होता।

हमारी शादी में सबसे बड़ी बाधा जो थी वो थी हमारे दोनों ही परिवारों में जमीन आसमान का फर्क। लाजो का परिवार बहुत संपन्न परिवार था। कहीं पर भी किसी भी प्रकार का कोई अभाव नहीं था। किन्तु इसके विपरीत हमारा परिवार एक साधारण कृषक परिवार था। जिसका किसी भी तरह से माया दस के परिवार से कोई मेल नहीं था। इसलिए माया

दास कभी भी नहीं चाहेगा कि उसकी इकलौती तथा चहेती बेटी का विवाह एक साधारण कृषक परिवार में हो।

इसमें हम दोनों का भी तो कोई कसूर नहीं था। प्यार तो अंततः प्यार ही होता है। कभी भी किसी से भी हो जाता है। प्यार कभी भी सोच समझ कर तो किया नहीं जाता। यह तो ईश्वर की नेमत है। जो जीवन में किसी किसी को ही मिलती है। अब कौन इसको हृदय से स्वीकार करता है और कौन इस से तिरोहित होता है यह तो शायद विधाता ही जान सकता है।

कुछ दिन पूर्व लाजो मुझ से यहां इस जलाशय के किनारे ही मिली थी। हम जब भी मिलते तो इस जलाशय के किनारे पेड़ों के नीचे ही मिलते थे। इसके दो लाभ थे। एक तो यह जलाशय मायादास के घर के पास था और दूसरा यहां पर लोगों का आना जाना बहुत ही कम होता था। उस पर यहां पर छुप कर बैठना भी सुगम था।

उस दिन जब लाजो मुझ से मिली थी तो कितनी ही देर तक हम आपस में प्यार भरी बातें करते रहे थे। आने वाले समय की कल्पना करते हुए भविष्य के सपने सजाते रहे और रोमांचित होते रहे थे। अपनी प्यार भरी उस दुनिया के यहां बस प्यार ही प्यार हो।

उसने मुझे अपने आगोश में लिए हुए ही कहा था, "मुझे नहीं मालूम शिशु ! हमारे प्यार का क्या अंजाम होगा किन्तु मैं तुम्हारे बिना नहीं रह सकती।"

वह प्यार से मुझे शिशु ही कह कर बुलाया करती थी, "शिशु ! मुझे यहां से दूर कहीं बहुत दूर ले चलो। यहां हम दोनों के अतिरिक्त अन्य कोई ना हो। बस हम दोनों ही हों।" कहते हुए उसने मुझे जोर से अपनी बाहों में भींच लिया।

"बात क्या है लाजो ! आज बहुत ही भावुक हो रही हो ?" मैंने उसके बालों में उंगलियां फेरते हुए उसे प्यार से सहलाते हुए पूछा।

"मुझे नहीं मालूम लेकिन मुझे लगता है कि कुछ अच्छा नहीं होने वाला है। इसलिए जैसे भी हो तुम मुझे इस शहर से कहीं दूर ले चलो।"

"फिर भी बताओ तो सही कि अंततः क्या बात है ?"

मुझे लगता है कि शायद मेरी मां बापू को मुझ पर कुछ संदेह हो गया है। वो मेरी कहीं पर शादी की बात कर रहे थे।"

लाजो की बात सुन कर चिंता तो मुझे भी हुई लेकिन फिर भी मैंने उसे दिलासा देने का प्रयास किया, "यह तुम कैसे कह सकती हो कि उन्हें तुम पर संदेह हो गया है। क्या उन्होंने तुमसे इस विषय में कुछ पूछा। तुम व्यर्थ में ही ऐसा सोच रही हो। ऐसा कुछ भी नहीं है। यह तुम्हारा वहम है।"

समय व्यतीत होता रहा। बहुत दिन व्यतीत हो गए। इस बीच कुछ भी ऐसा नहीं हुआ। जिस के प्रति कि हमें संदेह था। किन्तु फिर भी उस दिन लाजो की बात सुन कर मेरे मन में भी एक प्रकार का भय सा तो व्याप्त हो

ही गया था कि ना जाने हमारे प्यार का क्या अंजाम होगा। इस का सब से बड़ा कारण था लाजो और हमारे परिवार के स्तर का असामान्य होना।

फिर वो दिन भी आ ही गया जिस का कि हमें भय था। लाजो के बाप मायादास ने मुझे अपनी हवेली में बुलाया। ना जाने का कोई प्रश्न ही नहीं पैदा होता था। इसका एक कारण तो लाजो थी और दूसरा यदि मैं ना भी जाना चाहता तो भी मायादास मुझे बलपूर्वक अपने पास आने के लिए विवश कर सकता था। इसलिए एक दिन मैं उनकी हवेली में चला ही गया।

हवेली के भीतर प्रवेश करते ही माया दास से मेरी भेंट हो गयी। हालांकि इससे पूर्व भी मेरी कई बार उनसे कहीं ना कहीं आते जाते या कई अवसरों पर भेंट हो चुकी थी किन्तु आज की यह भेंट मुझे कुछ विशेष ही प्रतीत हो रही थी।

मैंने आदरपूर्वक उन्हें नमस्कार किया। प्रतिउत्तर में उन्होंने मुझे अपने पीछे आने का संकेत किया और एक कमरे की ओर चल दिए। मैं भी उनके पीछे पीछे चल पड़ा। कमरे के भीतर प्रवेश कर वह एक ओर रखे बड़े से सोफे पर बैठ गए। बैठते ही उन्होंने मुझ पर एक गहरी दृष्टि डाली और कुछ गंभीर से हो गए। कुछ क्षण के अंतराल के उपरांत उन्होंने पूछा, "नाम क्या है तुम्हारा?"

"जी ! मेरा नाम शिशु पाल है।" मैंने कुछ झिझकते हुए उत्तर दिया।

"तुम वहाँ तालाब के किनारे झोंपड़े में रहते हो ना ?" उन्होंने

गंभीरता से पूछा।

"जी हाँ !" मैंने संक्षिप्त सा उत्तर दिया।

"तुम हमारी लाजो को जानते हो ?" उन्होंने सीधे सीधे मुद्दे पर आते हुए पूछा।

"जी हाँ !"

"तुम उसे कैसे जानते हो ?"

"मैं उनके साथ ही पाठशाला में पढ़ता था।"

"अब नहीं पढ़ते ?"

"जी नहीं !"

"क्यों?"

"हमारे परिवार की स्थिति ऐसी नहीं है कि मैं आगे पढ़ सकता।"

मेरी बात सुनकर वह कुछ ओर भी गंभीर हो गए। कुछ क्षण के अंतराल के पश्चात उन्होंने फिर से कहना आरम्भ किया।

"देखो शिशुपाल ! अब मैं तुमसे साफ़ साफ़ ही कहूंगा। ध्यान से

सुनना।"

तुम लाजो के साथ पढ़ते थे और उसे जानते हो, यहां तक तो ठीक है, लेकिन हमने सुना है कि तुम अब भी लाजो से मिलते हो। यह हमें किसी भी हालात में स्वीकार नहीं है। हम नहीं चाहते कि आज के बाद तुम कभी भी हमारी बेटी के साथ दिखाई दे जाओगे या उसका नाम भी तुम्हारे होठों से सुनाई देगा।" कहते कहते वह कुछ पल के लिए खामोश हो गए और तदोपरांत कहने लगे, "और हमारी बात ना मानने का परिणाम तुम भली भांति से जानते हो।

"लेकिन मैं और लाजो एक अच्छे दोस्त हैं।" मैंने कुछ कहना चाहा।

लेकिन तभी मैं उनकी हरकत देखकर ठिठक कर चुप हो गया। उन्होंने होठों पर उंगली रखते हुए मुझे चुप रहने का संकेत किया, "तुम इतनी शीघ्र भूल गए कि अभी अभी हमने तुमसे क्या कहा था ? हमारी बेटी का नाम भी तुम्हारे होठों पर नहीं आना चाहिए। शायद तुम नहीं जानते कि मैं चाहूँ तो यहां इस स्थान पर से ही तुम सदा सदा के लिए गायब हो जाओगे और फिर कभी भी किसी को ना दिखाई दो। लेकिन मैं तुम्हारी जवानी पर तरस खा कर तुम्हें चेतावनी देकर छोड़ रहा हूँ। आज के बाद तुम लाजो के साथ तो क्या इस हवेली के आस पास भी नहीं दिखाई देने चाहिए।"

अब मेरी उनसे कुछ कहना चाहते हुए भी कुछ कहने की हिम्मत नहीं हो पायी।

"अब तुम जा सकते हो।" इसके साथ ही माया दास ने मुझे जाने का

इशारा किया और स्वयं भी उठ कर उस कमरे से बाहर आ गए।

परिणाम स्वरुप मुझे भी सर झुका कर बाहर आना पड़ा। तभी बाहिर आते ही मेरी दृष्टि कमरे के दायीं ओर एक सतम्भ पर पड़ी, जिसकी ओट में खडी लाजो मेरी ओर ही देख रही थी।

(12)

इसके पश्चात दो दिन हमारी आपस में मुलाक़ात नहीं हो सकी। तीसरे दिन वह मुझसे मिली। वह पूर्ववत पहले की भांति ही थी। मानों जैसे उसे मेरी उसके पिता मायादास से हुई उस मुलाकात का पता ही नहीं था। उसने उस सम्बन्ध में कोई बात नहीं की। मैंने ही इस सम्बन्ध में बात को आरम्भ किया, "अब क्या होगा लाजो ! तुम्हें तो मालूम ही होगा कि तुम्हारे बापू की और मेरी क्या बातचीत हुई थी ?"

"हां ! लेकिन इसमें चिंतित होने की कोई बात नहीं। मैं सब सम्भाल लूंगी। बापू ने जो भी तुम से कहा वो सब क्रोध में ही कहा। ऐसा कोई भी बेटी का बाप कह सकता है।"

"लेकिन उन्होंने कभी भी मुझे तुम से ना मिलने के लिए भी कहा है।"

"हां ! मुझे मालूम है। तो फिर क्या अब तुम मुझ से मिलना नहीं चाहते ?"

"मैं तो तुमसे मिले बिना नहीं रह सकता। यदि मैं तुमसे नहीं मिला तो मैं तो मर जाऊंगा।" मैंने भावुक होते हुए कहा।

"ऐसी कोई बात नहीं। हमें कोई भी एक दूसरे से जुदा नहीं कर सकता। हम तो बने ही एक दूसरे के लिए हैं। हमारा तो जन्म जन्म का साथ है !" कहते कहते वह मेरी गोद में सर रख कर लेट गई।

इसी प्रकार दिन व्यतीत होने लगे। हम नित्य की भांति ही आपस में मिलते रहे और भविष्य के सपने संजोते रहे। माया दास से हुआ मेरा वार्तालाप बीते समय की बात हो चुका था। हालांकि उस घटना के पश्चात भी मेरा उनसे कई बार आमना सामना हुआ था लेकिन हमारे मध्य कोई बात नहीं हुई। बस मैंने उन्हें देखकर अभिवादन कर दिया। जिसका शायद उन्होंने कभी भी कोई उत्तर नहीं दिया था।

तभी एक दिन सहसा ही झील में शांत पड़े जल में जैसे एक हलचल सी हुयी। लाजो की एक सहेली जो हमारी राजदार भी थी, उसने ही मुझे बताया कि लाजो के मातापिता ने पास के ही गांव में एक धनाढ्य परिवार में लाजो की शादी तय कर दी है। जिसके लिए लड़के वाले अगले सप्ताह हवेली में आ रहे हैं।

सुनकर मुझे एक झटका सा लगा। सबसे अधिक इस बात के लिए कि लाजो अभी कल दोपहर ही तो मुझे मिली थी। उसने इस विषय में मुझे कुछ नहीं बताया।

"लेकिन लाजो कल ही तो मुझ से मिली थी, उसने इस बात को मुझ से क्यों छुपाया ?" मैंने उसकी सहेली से पूछ लिया।

"शायद उस समय तक उसे भी नहीं पता होगा।" उसकी सहेली ने बताया, "मुझे भी कल शाम को ही इस बात का पता चला था और लाजो ने ही यह बात मुझे बताई भी थी।"

बात चाहे कुछ भी रही हो लेकिन मेरे लिए तो यह बात अप्रत्याशित ही थी।

उसी शाम जब फिर लाजो मुझे मिली तो मिलते ही तपाक से मैंने उस से इसी बात को लेकर कटाक्ष किया, "मुबारक हो लाजो ! सुना है कि तुम्हारी सगाई तय हो गई है। तुमने मुझे भी बताना ठीक नहीं समझा ?"

"तुम कुछ भी कह सकते हो शिशु ! तुम क्या सोचते हो कि मैंने जानबूझ कर तुम्हें यह सब नहीं बताया। ऐसा नहीं है। मेरे बापू ने यह सब कुछ चुपचाप ही मुझे भी बताये बिना ही तय कर दिया। कल ही मेरी मां ने मुझे इस विषय में बताया। तुम यह सोच भी कैसे सकते हो कि मैं तुम्हें छोड़ कर किसी दुसरे से शादी कर लूंगी ? कम से कम इस जीवन में तो ऐसा नहीं हो सकता।"

लेकिन होता तो वही है जो होना होता है। हालांकि लाजो ने तो मुझे पूर्ण विश्वास दिलाया था कि वह मेरी ही है और जीवन भर मेरी ही बन कर रहेगी।

एक दिन लाजो ने मुझे आकर बताया कि पास के ही गांव से लड़के वालों का परिवार उनकी हवेली पर आया था। लेकिन उसने अपने बाप

को उस लड़के से शादी करने के लिए इंकार कर दिया है। उसने स्पष्ट शब्दों में उसे बता दिया है कि यदि वह शादी करेगी तो तुमसे ही करेगी। इस पर उसका बापू उस से बहुत नाराज़ भी हुआ था।

"फिर अब क्या होगा ? अब हमें क्या करना चाहिए ? तुम्हारा बाप तो मानने वालों में से है नहीं।" मैंने कुछ चिंतित होते हुए लाजो से पूछा।

"कुछ नहीं करना है। कुछ दिन तक प्रतीक्षा कर लेते हैं। यदि बापू नहीं माना तो हम स्वयं ही मंदिर में जा कर शादी कर लेंगे।" लाजो ने निश्चिंतता के लहजे में कहा।

"यह सब कुछ इतना आसान नहीं है लाजो। तुम्हारा बाप यह सब इतनी आसानी से नहीं होने देगा।" मैंने लाजो से शंका प्रकट करते हुए कहा।

"यह मुझे भी मालूम है। लेकिन मैं भी अपने बाप की ही बेटी हूँ।" लाजो ने दृढ़ता से कहा।

"बस ! तुम थोड़ा सा सावधान रहना। हालांकि मुझे लगता नहीं कि बापू कुछ भी गलत कदम उठाने की सोचेगा लेकिन फिर भी हमें सावधान ही होकर रहना चाहिए।" लाजो ने मुझसे कहा और फिर उठ कर चली गई।

उस घटना को हुए लगभग एक सप्ताह व्यतीत हो गया। इस मध्य मेरी लाजो से कोई मुलाकात नहीं हुई। ना ही उसके विषय में कुछ पता

ही चला। जबकि आज तक ऐसा कभी भी नहीं हुआ था कि मैं और लाजो इतने दिन तक आपस में ना मिले हो। मुझे भीतर से घबराहट हो रही थी कि सब ठीक हो।

आखिर बात क्या है ? लाजो तो स्वयं भी इतने दिन तक मुझ से मिले बिना नहीं रह सकती थी। मन बहुत विचलित हो रहा था। कुछ समझ में नहीं आ रहा था कि लाजो के विषय में कैसे कुछ पता करूँ ? कैसे उस से मिलूं ?

कई दिनों से लाजो की सहेली और हमारी राजदार से भी मेरी कोई मुलाक़ात नहीं हुई थी। हालांकि उससे मिलने का मैंने प्रयास भी किया था लेकिन वह भी मुझे नहीं मिली थी।

एक दिन मैं इसी उधेड़बुन में अपने खेत की ओर जा रहा था कि सहसा ही सामने से मुझे अपनी राजदार आती हुयी दिखाई दी। वह बहुत ही बदहवास तथा घबराई हुई दिखाई दे रही थी।

मेरे पास आकर वह इस प्रकार से रुक गई जैसे वह भागते हुए मुझ से ही मिलने के लिए आ रही थी।

"शशी ! तुम्हें लाजो के विषय में कुछ मालूम है ?" उसने घबराये हुए स्वर में ही मुझ से पूछा।

"नहीं ! क्यों क्या बात है ? मैं स्वयं भी उसी के विषय में चिंतित था कि आखिर वह इतने दिनों से मुझे मिली क्यों नहीं। जबकि इस बात को

तुम भी जानती हो कि इतने दिन तक वह कभी भी मुझे से मिले बिना नहीं रह सकती।" मैं उसकी बात सुनकर और भी चिंतित हो गया।

"मेरे तो सुनने में आया है कि उसके बाप ने ही उसे कहीं गायब कर दिया है।"

"कहाँ गायब कर दिया है उसने ?"

"यह तो मुझे भी नहीं मालूम, लेकिन ऐसा ही सुनने को मिल रहा है। वह कुछ भी कर सकता है। दबे स्वर में तो मुझे यह भी सुनने को मिला है कि............" वह कहते कहते रुक सी गई।

"क्या सुनने को मिला है?" मैंने घबरा कर पूछा।

"कि उसने उसे मरवा दिया है।"

"नहीं ! ऐसा नहीं हो सकता। ऐसा कैसे हो सकता है ? वह उसका बाप है।"

"लेकिन कुछ ऐसा ही हुआ लगता है।" क्षणभर रुककर उसने फिर कहा, "लाजो ने मुझसे एक दिन इस प्रकार की कुछ कुछ आशंका भी व्यक्त की थी कि ऐसा भी कुछ हो सकता है। इसके साथ ही उसने मुझ से यह भी कहा था कि यदि ऐसा कुछ हो गया तो मैं तुम्हें सावधान कर दूँ और यह गांव ही छोड़ कर कहीं दूर भाग जाने के लिए कहूं।"

कहते कहते वह खामोश हो गई। मुझे उसकी इस इस प्रकार की आशंका से एक सदमा सा ही लग गया। मानों मेरे प्राण ही मुझ से निकल गए थे। एकाएक ही मेरी समझ में नहीं आ रहा था कि ऐंसी परिस्थिति में मुझे क्या करना चाहिए।

"शशी ! अब जैसे भी हो तुम भी इस गांव से जितना भी शीघ्र हो सके भाग जाओ। यहां तुम्हारी भी जान का बहुत भय है।" उसने मुझे पुनः सचेत करते हुए कहा।

मैं कोई भी प्रतिउत्तर नहीं दे सका। उत्तर भी देता तो क्या देता ? किंकर्तव्यविमूढ़ सा हो कर ही रह गया था।

"अच्छा अब मैं चलती हूं।" कहते हुए वह चली गई।

(13)

हमारे घर से लगभग एक कोस दूर एक पहाड़ी टीला था। यहां हमारी बस्ती की सीमा समाप्त होती थी। ठीक उस टीले के नीचे ही एक तीव्र धारा वाली नदी बहती थी। जिसे देखते ही मन में भय सा व्याप्त हो जाता था। कारण यह नदी उस टीले से इतना नीचे थी कि यदि कोई उस टीले पर से नीचे गिर जाता तो नदी तल तक पहुँचने से पहले ही उसकी मौत हो जाती। फिर यदि किसी प्रकार वो नदी के तल तक पहुँच भी जाए तो यह नदी सदैव ही उसे अपने आगोश में लेकर मृत्यु के हवाले कर देने को तत्पर रहती थी।

मुझे भी दबे स्वर में यही सुनने में मिला था कि माया दास ने अपनी बेटी को टीले से नीचे नदी में फेंक दिया था। जैसे ही मुझे इस बात का पता चला तो मुझे सहज ही इस पर विश्वास नहीं हुआ। कोई भी बाप अपनी औलाद के प्रति इतना कठोर अथवा नृशंस नहीं हो सकता। आखिर एक बाप अपनी बेटी के साथ ऐसा कैसे कर सकता है। फिर लाजो का दोष भी क्या था ? माया दास ने यदि उसके साथ ऐसा किया भी था तो क्यों किया था ? उसने लाजो को किस बात के लिए इतनी बड़ी सज़ा दी थी ?

मैं जितना ही इस बात पर सोचता, उतना ही मुझे विश्वास होता जाता कि निश्चित ही माया दास ने ऐसा ही किया होगा। कई बार लाजो ने

मुझे अपने बाप के बारे में बताया भी था कि वो बहुत ही क्रोधित एवं निर्दयी स्वभाव का है और क्रोध आने पर कुछ भी कर सकता है।

माया दास ने मुझे अपनी हवेली में बुलाया था और एक प्रकार की चेतावनी दी थी, उसे याद करते हुए मुझे अब इस बात पर पूरा पूरा विश्वास हो चला था। हालांकि इसके उपरांत जब लाजो मुझे मिली थी तो उसने तो निडर दिखने का प्रयास किया ही था, किन्तु अब मुझे उसके हाव भाव याद आ रहे थे कि वह स्वयं भी अंदर ही अंदर से भयभीत थी। इसलिए ही तो उसने मुझे भी सावधान रहने के लिए सचेत किया था।

मुझे लाजो के साथ व्यतीत किया हुआ एक एक क्षण याद आ रहा था। उसने जिस बात की ना आशंका प्रकट की थी आखिर वैसा भो ही गया। यदि मैंने भी समय रहते अपनी राजदार की बात ना मान ली होती और बस्ती की छोड़ कर भाग ना आया होता तो शायद इस समय तक मैं भी इस दुनिया में जीवित न होता। मैं भी लाजो के साथ ही मौत के घाट उतार दिया गया होता।

यही सोचते हुए मैंने भी अपने आप को समाप्त कर देने का मन बना लिया था और रात के अँधेरे में सब से छुपता हुआ इस पहाड़ी टीले के पास चला आया था।

जैसे जैसे रात घिरती जा रही थी, लाजो को याद करते हुए मेरी तड़प भी बढ़ती ही जा रही थी। इसके साथ साथ ही मेरा निर्णय भी कठोर होता जा रहा था। मुझे हर पल यही प्रतीत हो रहा था कि जैसे लाजो मुझे अपने पास बुला रही है।

अब मेरा अपने आप पर नियंत्रण समाप्त होता जा रहा था। मैंने सामने आसमान में तारों को झिलमिलाते हुए देखा। सब मुझे अपनी ही तरह उदास उदास से ही दिखाई दे रहे थे। मानों सभी अपने ही किसी ना किसी दुःख में आंसू बहा रहे थे। मेरा मन हुआ कि मैं भी उड़ कर उनके आगोश में ही चला जाऊं। यही सब सोचते हुए मैं उठ कर खड़ा हो गया और टीले की ऊंचाई की ओर निहारा। मुझे लगा कि अब यही मेरा मार्ग है और यही मेरी मंज़िल।

मेरे पग स्वयमेव ही उस टीले की ओर बढ़ने लगे, जिसके नीचे लहलहाती हुयी विकराल नदी बह रही थी।

धीरे धीरे बोझिल से कदमों से चलता हुआ मैं टीले के आखिरी छोर तक पहुँच गया। नीचे मुझे नदी का बहता हुआ जल आसमान में चमकते हुए तारों के प्रकाश में बहुत सुहावना तथा आकर्षक लग रहा था।

यही वो क्षण था जब मेरा अपने आप पर किसी भी प्रकार कोई नियंत्रण नहीं रहा। जिस समय मुझे अपने सामने तारों के मध्य में वह चिरपरिचित परी लहराती हुई दिखाई दी। मानों मैं उस के आकर्षक मोहपाश में बंध सा गया था। वह निरंतर मेरी ओर देखती हुई मुस्कुरा रही थी और मुझे अपनी ओर आगे बढ़ने के लिए प्रेरित कर रही थी।

बस ! यही वो क्षण था जब मैंने अपने पांव आगे बढ़ा दिए विकराल नदी में समा जाने के लिए छलांग लगा दी।

इसके पश्चात मुझे इतना ही याद है कि नदी के जल ने मेरे शरीर को

अपने आगोश में ले लिया था और मैं उसमें डूबता ही चला गया था। तभी जैसे ही मैंने सांस लेने का प्रयास किया तो ढेर सा नदी का जल मेरे भीतर समा गया और तब मैंने अपने आप को नदी की लहरों के ऊपर हवा में लहराते हुए पाया। मैंने हवा में लहराते हुए ही देखा कि उस समय मेरा शरीर पानी में उभर आया था और नदी के तल पर स्थिर हो रहा था।

(14)

अभी इससे पहले कि मेरी समझ में कुछ आता, मुझे अपने पास ही हवा में फिर से लहराती हुई वह परी दिखाई देने लगी। वह मेरी ओर देखती हुई मुस्कुरा रही थी। उसने मुस्कुराते हुए ही मुझे अपने पीछे आने का संकेत किया।

इसके साथ ही मेरी समझ में सब कुछ आता चला गया। मेरी उस समय मौत हो चुकी थी।

यह परी कई सदियों से, जन्म जन्मांतर से मेरा साथ निभाती चली आ रही मेरी प्रेमिका ही तो थी। और यही मेरी प्रेमिका लाजो भी थी। अब इसमें भी कोई संदेह नहीं रहा था कि लाजो को निश्चित ही उसके क्रूर बाप माया दास ने मार डाला था। यदि उसे उसके बाप ने मार ना दिया होता तो यह परी के रूप में मुझे कभी भी नहीं दिखाई दे सकती थी। यह मेरी प्रेमिका की आत्मा का ही तो रूप था, जैसा कि हिम वाला उसने मुझे बताया भी था।

मैं यह सब सोच रहा था और इसके साथ साथ ही परी के साथ हवा में तैरता भी जा रहा था। जब हमें हवा में साथ साथ तैरते हुए कुछ देर हो गयी तो परी ने मुझ से कहना आरम्भ किया, "यह तो तुम्हें मालूम ही है कि मैं कौन हूँ और इसके साथ ही तुम यह भी समझ ही गए होंगे कि तुम्हारा

यह जीवन भी समाप्त हो गया है। अब इसके साथ ही मैं तुम्हें यह बताना चाहती हूँ कि अब बहुत शीघ्र ही हमारी भेंट पुन : साधु महाराज से होने वाली है।

इससे पहले मैं तुम्हें एक ओर भी बात बताना चाहती हूँ।" पल भर रुक कर उसने फिर कहना आरम्भ किया, "आज से पहले अब तक ना जाने हम कितने ही जन्म ले चुके हैं। हम कौन से जन्म में किस रुप में साथ साथ रह चुके हैं, यह हम कभी भी नहीं जान सकते हैं। हाँ ! साधु महाराज की कृपा से हम अपने पूर्व के तीन जन्म देख चुके हैं। तीनों ही जन्म में हम किसी न किसी रुप में साथ साथ थे। कई जन्मों में हम आपस में ना मिल पाए लेकिन ऐसे भी हमारे बहुत से जन्म हो चुके हैं जब हम उम्र भर साथ ही रहे हैं। यह जनम जनम के फेरे हैं। और हम कितने भाग्यशाली हैं कि हर जन्म में हम साथ साथ ही होते हैं। चाहे किसी जन्म में हमारा मिलन हुआ हो अथवा ना हुआ हो। तुम्हें ये सुनकर ओर भी आश्चर्य होगा कि इस समय भी हमारा जन्म हो चुका है और इस जन्म भी हम साथ साथ ही हैं। यह तुम्हारी समझ में इसलिए नहीं आएगा कि एक तो इस समय हम अतीत की रहस्यमय यात्रा में हैं और दूसरा तुम्हें अपने भविष्य के वर्तमान का कतई पता नहीं है।"

कुछ क्षण रुककर उसने फिर कहना आरम्भ किया, "वास्तव में हमारा जो वर्तमान का जीवन है उसकी तुम कल्पना भी नहीं कर सकते। वो जीवन अब के जीवन से पूर्णतया अलग है और उस जीवन में भी हम साथ साथ हैं। सब से बड़ी बात तो यह है कि जैसे ही हम वर्तमान के जीवन में लौट पाएंगे, हमें यह जीवन पूर्णतया ही भूल जाएगा। हमें अपनी अतीत की रहस्यमय यात्रा के विषय में कुछ भी याद नहीं रहेगा।

इसके साथ ही वह कहते कहते रुक सी गई। जब कुछ देर तक वह कुछ भी नहीं बोली तो मैंने उत्सुकता से फिर उसकी ओर देखा। वह मुझे अपनी ओर देखता देख कर थोड़ा सा मुस्कुरा दी, "यह सब तुम्हें शीघ्र ही समझ में आ जाएगा। अब जैसे ही तुम्हारा फिर से तुम्हारे वर्तमान के जीवन में प्रवेश होगा सब कुछ स्वयमेव ही तुम्हारी समझ में आता चला जाएगा।

अभी मुझे लगता है कि हमारी यात्रा समाप्त होने में कुछ विलंब है।"

"यह तुम कैसे कह सकती हो ?" मैंने उत्सुकतावश पछा।

"जैसे ही मेरी इस जन्म की समाप्ती होने वाली होती है तो मुझे इस बात का स्वयं ही आभास होने लगता है कि अब मैं अपने दूसरे जन्म में प्रवेश करने वाली हूं।"

उसके इतना कहते ही मेरे सामने का सम्पूर्ण दृश्य बदल गया। मेरे सामने नीलिमा लिए हुए विशाल सागर था। आसपास बहुत से मछुआरे थे तथा नावें खड़ी थीं। लग रहा था कि जैसे मछली पकड़ कर इसका व्यापार करने वाले मछुआरों की कोई वस्ती हो।

मुझे याद आने लगा। मैं अभी अभी समुद्र की लहरों से खेलकर और ढेर सारी मछलियां पकड़कर वापस आया हूं। सारी मछलियां मेरी प्रेमिका, जिससे अभी कुछ ही दिनों में मेरी शादी होने वाली है, वह अपने साथ हमारे घर ले गई है। अब ऐसा ही तो होता था। हम दोनों साथ साथ ही मछली पकड़ने के लिए निकलते थे और फिर जब बहुत सी मछलियां

पकड़ कर वापस आते तो मीनू इन सब मछलियों को इकट्ठा कर हमारे ही घर ले जाती थी। वहां इनसे कुछ मछलियों को हम रख लेते थे और शेष मीनू अपने घर ले जाती थी। इसमें सब प्रसन्न थे।

जब मेरा जन्म हुआ था उस समय यह बस्ती इतनी बड़ी नहीं थी। उस समय बीस पच्चीस घर ही होंगे, किन्तु समय व्यतीत होने के साथ साथ ही इसमें परिवारों की संख्या में भी बढ़ोती होती गयी। इस समय यहां पर लगभग साथ सत्तर परिवार थे।

सभी का यही व्यवसाय था। सुबह उठ कर दूर तक समुन्दर में मछलियाँ पकड़ने के लिए निकल जाना और दोपहर होते होते वापस लौट आना। फिर शाम के समय उन्हें छांट कर मार्केट में बेचने के लिए निकल जाना। मार्केट में पहले से ही हमारे बँधे बँधाये ग्राहक होते थे, जो हमसे इकट्ठे ही सारी मछलियां खरीद कर इन्हें छोटे दुकानदारों को तथा पटरी पर बैठने वाले विक्रेताओं को बेच दिया करते थे। यही हमारी दिनचर्या थी और इसी प्रकार से हमारा निर्वाह हो रहा था।

मीनू मुझ से कोई चार वर्ष छोटी थी। मीनू का परिवार भी हमारे परिवार के साथ ही कुछ घर छोड़ कर था। मुझे याद है कि जब उसका जन्म हुआ था तो घर पास ही होने के कारण आमतौर पर मैं उनके घर चला जाया करता था और उसे गोद में भी खिलाया करता था। मां बाप तो दिन में मछलियों के शिकार के लिए निकल जाया करते थे और मैं अकेला ही घर पर होता था। इसलिए मेरे मां बाप मीनू के मां बाप से मेरा

ध्यान रखने के लिए कह कर अपने काम पर चले जाया करते थे और मैं आमतौर पर उनके घर वापस आने तक उनके ही घर में रहा करता था। मीनू की मम्मी भी मीनू के साथ साथ ही मेरा भी पूरा पूरा ध्यान रखा करती थी और मैं अपने मां बाप के वापस घर आने तक उनके घर पर मीनू से ही खेल में मग्न रहता था।

इसी प्रकार समय व्यतीत हो रहा था और हम भी बीतते समय के साथ साथ बड़े हो रहे थे। इसी मध्य मीनू का एक भाई भी आ गया था। वह भी हमारे साथ साथ ही रहने की कोशिश करता और खेलता रहता था। विशेषतया मेरे साथ उस का बहुत लगाव था। किन्तु मेरा और मीनू का तो शायद पूर्व जन्म का ही कोई सम्बन्ध था, इसलिए ही अधिकांश समय वह मेरे साथ ही रहती थी। धीरे धीरे समय व्यतीत हो रहा था। इसके साथ ही हमारे दिलों में भी एक दुसरे के लिए हमारा प्यार जवाँ हो रहा इसका हमें भी पता ही नहीं चला। हमें तो इस बात का एहसास तब हुआ जब हम एक दूसरे के वगैरह एक पल भी रह पाना कठिन हो गया। मुझे मीनू नहीं मिलती और मीनू को मैं नहीं मिलता तो हम दोनों ही बेचैन से हो जाते और जब तक एक दुसरे को देख या मिल नहीं लेते तब तक हमें चैन ही नहीं पड़ता था।

हमारे एक दुसरे के प्रति इतने लगाव को हमारे मां बाप ने पहले से ही महसूस कर लिया था किन्तु उस समय उन्होंने उसे बच्चों का ही आपसी प्यार समझते हुए इस पर अधिक ध्यान नहीं दिया था। फिर जैसे जैसे ही ओर समय व्यतीत हुआ हम नित्य प्रति की हर दिनचर्या में साथ साथ ही रहने लगे थे और जैसे ही मैंने मछलियों के शिकार पर जाना आरम्भ किया तो मीनू भी मेरे साथ ही जाने लगी तो उन्होंने भी हमारे

प्यार की गहराई को महसूस किया।

हालांकि ऐसी बातों को हमारी बस्ती में साधारणतया नहीं लिया जाता था और इस पर प्रतिबंध लगा दिए जाते थे, किन्तु हमारे विषय में एक तो हमारे दोनों के ही परिवार कुछ खुले विचारों के थे और दूसरा इस सम्बन्ध में किसी को भी कोई बुराई नज़र नहीं आ रही थी, इसलिए उनकी भी इसमें मौन सहमति थी। इसलिए उन्होंने भी मिलकर आपसी विचार विमर्श कर हमारी शादी कर देने का निर्णय ले लिया था।

इसलिए कुछ दिन पश्चात की ही बात है। उस दिन मौसम बहुत सुहावना था। चारों ओर का समुन्दर बहुत शांत था। उस दिन सुबह से ही आसमान भी बहुत साफ़ था और हमें लग रहा था कि आज का दिन हमारे लिए बहुत ही शुभ रहने वाला है और आज बहुत सारा शिकार हमारे हाथ में लगेगा। यही सोच कर हम समुद्र में बहुत दूर तक आगे निकल आये थे।

फिर कब दोपहर हो गयी और कब सूर्य महाशय अस्तांचल की ओर बढ़ चले इसका हमें कुछ पता ही नहीं चल सका। हम अपनी धुन में शिकार में ही मग्न रहे और हमें समय का ध्यान ही नहीं रहा। ध्यान तो हमें तब आया जब सहसा ही सूर्य देव के विदाई ले कर चले जाने के पश्चात अस्तांचल की लालिमा नज़र आने लगी।

हमने तुरंत ही अपनी नाव को वापस तट की ओर घुमा दिया किन्तु ? तब तक शायद देर हो चुकी थी। हमें शिकार की धुन में इस बात का भी ध्यान नहीं रहा था कि हम समुद्र में कितनी दूर आगे निकल आये हैं। हम

तीव्रता से अपनी नाव को खे रहे थे। किन्तु किनारे का था कि दिखाई देने का नाम ही नहीं ले रहा था। अब तो रात का अंधेरा भी होने लगा लगा था।

ऐसा लग रहा था कि हम समुद्र में कहीं भटक गए हैं। अब तट पर कैसे पहुंच पाएंगे। यही बात सोचते हुए हमें अब घबराहट सी भी होने लगी थी। कोई भी मार्ग नहीं सुझाई दे रहा था। आज तक हमारे साथ कभी भी ऐसा नहीं हुआ था। हम दोनों ही घबरा कर भगवान से प्रार्थना करने लगे कि, 'हे भगवान ! हमें सही मार्ग दिखा दो।'

चाहे विपत्ती के समय में मनुष्य कितना भी छटपटाये, कितनी भी प्रार्थनायें कर ले, किन्तु होता तो वही है डो होना होता है या जो ईश्वर को मंजूर होता है। बस ! अब हमारा क्या अंजाम होने वाला है, इसका शायद ईश्वर के अतिरिक्त अन्य किसी को भी कोई पता नहीं होता।

अब रात पूरी तरह से घिर आई थी। मौसम साफ़ के कारण होने अपने साथ रोशनी आदि के लिए या संकट में काम आने के लिए अन्य कोई सामग्री हमने साथ में नहीं लाई थी। अब तक तो बस्ती के लोग भी हमारे वापस घर ना पहुँचने के कारण, हमें ढूंढने के लिए निकल पड़े होंगे। लेकिन उसकी भी कोई प्रकाश की किरण नज़र नहीं आ रही थी। यही कारण था कि अब भय भी हम पर बुरी तरह से व्याप्त हो गया था। लग रहा था कि अब हम कभी भी वापस तट पर अपने घर अपने मां बाप के पास नहीं पहुंच पाएंगे।

किन्तु हमारे हाथ में प्रयास करने के अतिरिक्त और कुछ था भी तो

नहीं। अंततः वो भी करते करते हम थक गए थे। रात अब तक आधी से भी अधिक व्यतीत हो चुकी थी। इस समय ना ही तो हमें समय का पता था तथा ना ही अपनी स्थिति का ही पता था। अब हम पूर्णतया भगवान के भरोसे पर थे। कहते भी हैं ना कि जब किसी भी समस्या का समाधान अपने हाथ में ना रहे तो तब भगवान पर विश्वास करते हुए सब कुछ पूर्णतया उसके भरोसे ही छोड़ देना चाहिए।

इसी भरोसे ही रात बीतती जा रही थी। हमें कोई भी मार्ग नहीं सुझाई दे रहा था। ना ही तो बस्ती की ओर से ही हमें कोई संकेत प्राप्त हुआ तथा ना ही अन्य किसी माध्यम से ही कोई सहायता मिल पाई थी। इसी प्रकार रात भी व्यतीत हो गयी और सुबह के समय की सूर्य की लालिमा भी दिखाई देने लगी।

अब तो हमें किसी भी प्रकार का कोई दिशा ज्ञान भी नहीं रहा था। समझ में नहीं आ रहा था कि अब हम करें भी तो क्या करें। भगवान पर ही पूरा भरोसा था किन्तु उसकी ओर से भी हमें अभी तक किसी भी प्रकार की कोई सहायता मिल पाई थी। दूर दूर तक कहीं पर भी कुछ ऐसा दृष्टी गौचर नहीं हो रहा था जिससे कि हमें कुछ दिशा का ही ज्ञान हो पता और हम उस दिशा की ओर बढ़ने का प्रयास करते।

हमारी नाव हवाओं के सहारे ही किसी अनजान दिशा में बहती चली जा रही थी। अब हमें किसी भी प्रकार की कहीं से भी कोई सहायता मिल पाने की कोई आस नहीं रही थी। इस समय तक हम थक भी बहुत गए थे और अब भूख भी लगने लगी थी। किन्तु हमारे पास तो इस समय अपनी

भूख मिटाने के लिए कुछ भी नहीं था। हाँ ! पानी की पांच लीटर की एक बोतल थी हमारे पास। इससे ही पानी पी कर हम अपनी प्यास बुझा सकते थे और ऐसा ही अब हम कर भी रहे थे। इसी से पानी पी कर ही हम अपनी प्यास भी बुझा रहे थे और भूख मिटाने का प्रयास कर रहे थे। धीरे धीरे समय व्यतीत होता जा रहा था। नाव भगवान के भरोसे हवाओं के संग लहरों पर बहती जा रही थी। हमारी तो समझ में कुछ भी नहीं आ रहा था कि अब हम करें भी तो क्या करें। सहायता की आस भी कहाँ से और किस से रखें।

अब तो फिर से शाम होने को आ रही थी। इसके साथ ही हमारे जीवित बच पाने की आस भी धीरे धीरे कम होने लगी थी। अब तो हमें किसी प्रकार का कोई दैवीय चमत्कार ही बचा सकता था। जिसके होने की संभावना भी अब बीतते समय के साथ साथ क्षीण होती जा रही थी।

अंधकार अपने साम्राज्य की फिर से स्थापना में प्रयत्नशील हो गया था। मीनू अब इतनी घबरा गई थी कि वह भयभीत हो कर रोने लगी थी। भय तो मुझे भी लग रहा था किन्तु मैं तो एक मर्द था और मुझे मीनू को सहारा देते हुए अपने आप को दिलेर प्रमाणित करना था। मैंने मीनू का सर अपने सीने पर टिका कर उसे सांत्वना देने का प्रयास किया, 'भगवान इतना निर्दयी कभी नहीं हो सकते। हमने कभी भी किसी का कोई बुरा नहीं चाहा है। हमारे साथ फिर बुरा कैसे हो सकता है ? हमारे साथ अच्छा ही होगा। निश्चित ही हम संकट की इस घड़ी से भी शीघ्र ही बाहिर निकल आयेंगे। तुम चिंता मत करो। मैं हूँ ना तुम्हारे साथ। किन्तु ऐसे समय में मुझे दिलासा देने वाला वहाँ पर कोई भी नहीं था।

उस समय क्या समय हुआ था उसका तो हमें ध्यान नहीं किन्तु शाम पूरी तरह से आकर रात को भी बुला चुकी थी और इस समय चारों ओर हमें अंधकार के अतिरिक्त कुछ नहीं दिखाई दे रहा था। दूर दूर तक कहीं किसी नाव या जहाज की ओर से आता हुआ प्रकाश भी नहीं दिखाई दे रहा था।

चारों ओर विशाल समुद्र का स्थापित साम्राज्य और मचलती हुई की लहरें या फिर ऊपर खुला हुआ आसमान।जिसमें लुकाछिपी खेलते हुए तारे झिलमिलाने लगे थे। उस संकट की घड़ी में भी जब मौत अपना विकराल मुंह खोले हुए हमें लील जाने के लिए हमारी ओर बढ़ती आ रही थी मैं कुछ पल के लिए अपनी स्थिति को भूल सा ही गया था। ठीक उसी समय हमारी नाव किसी वस्तु से टकराई और हिलोरे सी लेने लगी। मैं और मीनू दोनों ही इससे चौक से गए। इस अंधकार में भी उस समय हमें लगा कि हम किनारे पर पहुँच गए हैं। तुरंत ही हम दोनों ने ही किनारे पर छलांग लगा दी और नाव को किनारे लगाने का प्रयास करने लगे। नाव को किनारे पर लगा कर जब हमने अपने चारों ओर देखा तो हमें घने जंगल तथा अन्धकार के अतिरिक्त कुछ भी नहीं दिखाई दिया। कहीं पर भी प्रकाश का कोई नामो निशान नहीं था। यह हम किस तट पर और किस स्थान पर आ गए हैं। हमारी समझ में कुछ भी नहीं आया।

हम किनारा मिल पाने की प्रसन्नता में यह सोच ही नहीं पाए कि हम वास्तव में हम कहां पर हैं। अपने तट के आस पास तो ऐसा स्थान तथा इस प्रकार का जंगल हमने आज तक नहीं देखा था। अब हमें किस तरफ जाना है ? हमारा घर किस दिशा में है और यहां से कितनी दूर है। हमारी तो समझ में कुछ भी नहीं आ रहा था।

अब हम अंधेरे में जायें भी तो किस ओर जायें। जब हमारी समझ में कुछ भी नहीं आया तो हम दोनों वहां पर ही एक वृक्ष के नीचे बैठ गए। यह तो अच्छा था कि सर्दी का मौसम नहीं था और हमारे तन पर कपड़े भी सूखे ही थे, किन्तु इसके उपरांत भी समुद्र की ओर से आती हुई हवाओं में पर्याप्त मात्रा में शीतलता होने के कारण से हमें सर्दी का एहसास हो रहा था।

यही सोचते सोचते अब हमें कितना समय हो गया, कुछ भी पता नहीं चला। सोचने लगे अब हमें आगे क्या करना चाहिए। अब किया भी क्या जा सकता था ? फिर से भगवान पर भरोसा करने के अतिरिक्त अन्य कोई उपाय भी तो नहीं सूझ रहा था। सुबह का समय होता तो फिर भी कुछ ना कुछ तो उपाय सोच लेते।

इस समय तक हमें भूख भी बहुत लग गई थी। दो दिन से हमने पानी पीने के अतिरिक्त कुछ भी तो नहीं खाया था। जब भी भूख लगती तो पानी के दो चार घूंट भर लेते थे। किन्तु इस से तो भूख मिटती नहीं। अब क्या खाये ? कहाँ से खाये ? अब हमें क्या करना है ? कहाँ जाना है ?

रात भर हम इसी प्रकार के विचारों की उधेड़बुन में उलझे रहे। घर में हमारे मां बाप का क्या हाल होगा ? वो क्या सोच रहे होंगे ? उन्होंने तथा बस्ती के लोगों ने तो हमारी बहुत तलाश की होगी और फिर शायद हमें मरा हुआ ही समझ लिया होगा। मां बाप का तो रो रो कर बुरा हाल हो रहा होगा। हम इसी प्रकार की उलझन में उलझे हुए थे। हमें होश तो तब आई जब हमारे आस पास सुबह का उजाला छितराने लगा। हमने उठ कर अपने चारों ओर देखा।

यह कोई नया स्थान ही था। आज हम इस स्थान को पहली बार ही देख रहे थे। इससे पहले तो कभी ना ही इस स्थान को कभी देखा था और ना ही इसके विषय में कुछ सुना ही था। यह सब देखकर हतप्रभ से हो कर रह गए। फिर भी अब हमें कुछ ना कुछ तो करना ही था।

ठीक उसी समय हमें जंगल के भीतर की ओर से जाता हुआ एक मार्ग दिखाई पड़ा। हम उस पर चल पड़े कि कुछ भीतर चल कर देखते हैं। शायद भीतर चलने पर हमें कुछ खाने को मिल जाए। इस समय हमारे लिए सब से बड़ी समस्या तो अपनी भूख को लेकर ही थी। किसी प्रकार कुछ खाने को मिल जाए तो उसके पश्चात आगे की सोचेंगे कि हमें क्या करना चाहिए ?

कुछ भीतर जाने पर ही हमें कुछ बेर के तथा केले के वृक्ष दिखाई दिए। हम ने तुरंत ही उन से कुछ फल ले कर खाएं और अपनी भूख को मिटाया।

अब हम कुछ ओर सोचते इससे पहले ही जंगली से लगने वाले आठ दस आदिवासी एक ओर से निकल कर हमारे पास चले आये। उन्होंने हमें अपने घेरे में ले लिया और अपनी भाषा में कुछ कहने लगे, जो कि हमारी समझ आया।

इस पर वो लोग हमें पकड़ कर जंगल के भीतर बस्ती में अपने मुखिया के पास ले आये। उसने भी अपनी भाषा में हमें कुछ पूछने का प्रयास किया, उसे भी हम नहीं समझ पाए। किन्तु जब हमने उसे अपने विषय में इशारों से कुछ समझाने का प्रयास किया तो शायद हमारी कुछ

बातें उसकी समझ में आ गयी। जिसके परिणाम स्वरुप उसने अपने कुछ लोगों को अपनी भाषा में भी कुछ समझाया। इस पर भी लोग मुझे और मीनू को लेकर गांव के भीतर एक झोपड़ी में लेकर आ गए और हमें उसमें ठहरा दिया। उन्होंने हमें कुछ खाने पीने की सामग्री दी और फिर अपनी कुछ कहते हुए चले गए। वो भी इससे पूर्व की भांति हमारी समझ नहीं आया। लेकिन इससे इतना अवश्य ही समझ में आ गया कि वो लोग हमें किसी भी प्रकार की हानि नहीं पहुंचाना चाहते बल्कि हमारा हित चाहते हैं और हमारी सहायता ही करना चाहते हैं।

समय बीतने लगा, बीतता गया ! हमें वहां रहते हुए बहुत समय हो गया। इस मध्य ना ही वो लोग ही हमारी कोई सहायता कर पाए तथा ना ही हम वहाँ से निकल कर वापस जा पाने का कोई उपाय ही ढूँढ़ पाए। हाँ ! अब हमने इस जीवन को ही अपनी नियति मान लिया था और अपने आप को यहाँ का ही स्थाई निवासी मान लिया था। अब यहां भी हमने मछली पकड़ने का ही पुराना काम आरम्भ कर दिया था। इसी प्रकार एक दिन विवशतावश ही सही हमने उनके रीति रिवाज़ के अनुसार ही आपस में शादी भी कर ली।

समय का पहिया अपनी निर्बाध गति से चलता जा रहा था। दिन माह और साल ! इसी प्रकार तो मनुष्य का जीवन उसे लेकर कहां से कहां ले आता है पता ही नहीं चलता। ऐसा ही तो हो रहा था। पांच साल हो गए थे हमारी शादी को हुए। इस मध्य हमारे घर दो बच्चे भी हो गए थे। जिनका नाम हमने सोम तथा मंगल रख दिया था।

उस दिन मौसम बहुत ही खराब हो गया था। पिछले एक सप्ताह से

लगातार बारिश हो रही थी। ऐसे मौसम में हम समुद्र में मछली पकड़ने के लिए भी नहीं जा सकते थे। इस कारण से घर में ही रहते थे।

एक दिन ऐसा भी आया, जिस से कि हमारी ज़िंदगी का रुख ही बदल गया। एकाएक ही बारिश तेज़ हो गयी। हवाओं की गति भी बढ़ती जा रही थी। समुन्दर अपना रौद्र रूप दिखाने के लिए तत्पर लग रहा था। बहुत ऊंची ऊंची लहरें उठ रही थी। समुद्र का इतना भयानक रूप अपने जन्म से लेकर आज तक पहली बार देखने को मिल रहा था। लगता था कि जैसा किताबों में पढ़ते आये हैं वैसी ही प्रलय है आज । शायद आज सब कुछ ही समाप्त हो जाने वाला है।

धीरे धीरे हवायें इतनी प्रलयंकारी होती जा रही थीं कि हमारे मकानों की छतें तक भी उखड़ने लगी थीं। वहाँ पर अधिकांश मकान तो कच्चे ही थे। जिनके ऊपर से खपरैल तथा टीन की बनी हुई छतें तिनकों की भाँती उड़ती जा रही थीं। सभी मकानों के खिड़कियाँ दरवाज़े भी टूट कर ना जाने कहाँ बिखर गए थे। किसी के भी सर पर छत तक नहीं बची थी। सभी अपनी अपनी जान बचा कर इधर उधर भाग रहे थे। किसी को कुछ भी नहीं सुझाई दे रहा था। प्रलय ही होती हुई दिखाई दे रही थी। किसी के भी बच पाने की कोई संभावना नहीं लग रही थी। शायद अब कुछ ही पल में सब कुछ समाप्त हो जाने वाला है। यह सम्पूर्ण सृष्टि ही समाप्त हो जाने वाली है।

मीनू भीतर कमरे में अपने बच्चों के साथ उन्हे अपनी छाती से चिपकाए हुए भयभीत सी बैठी हुई थी। मैं बाहर खड़ा प्रकृति का रौद्र रूप देखते हुए उसके शांत होने की प्रतीक्षा कर रहा था। किन्तु लग रहा था

कि प्रकृति ने अब शांत न होने की कसम ही ले रखी है। हवाओं की गति अब लगभग १५० से २०० किलोमीटर तक की हो गयी थी। इसी प्रकार समुद्र की लहरों की ऊंचाई भी अब चालीस से पचास फुट तक की हो गयी थी। ऐसा लग रहा था कि अब मौत हमारी ओर अब आई कि कब आयी। अब तो बस कुछ ही क्षणों में हमारी मौत ने आगे बढ़ कर हमें अपने बाहुपाश में ले लेना है और हमें मौत की नींद सुला देना है। हमारा जीवन अब कुछ ही पल का है। मैं भीतर की ओर चला आया। यहां मीनू अपने बच्चों के साथ भयभीत सी होकर बैठी थीं। मैंने भी सोचा कि अब जब मौत आनी ही है तो फिर क्यों ना सब की एक साथ ही आये। इस लिए मैं भी उनके साथ ही बैठ गया और मौत के आने की प्रतीक्षा करने लगा।

ठीक यही समय था, जब मुझे लगा कि सारा आसमान ही टूट कर मुझ पर गिर पड़ा है। उसके साथ ही समुन्दर ने भी सब कुछ अपने में लील लिया है। किसी की भी किसी की कोई सुध न रही। मेरी मीनू कहाँ है, मेरे बच्चे कहां हैं, इस की सोच उभरने से पहले ही समाप्त हो गयी।

(15)

साधु महाराज खड़े मंद मंद मुस्कुरा रहे थे। कुछ क्षण पश्चात कहने लगे, "वत्स ! इस विश्व में शायद तुम ही पहले व्यक्ति हो जिसे अपने जीवन काल में ही अपने पूर्व जन्मों का भान हुआ है।"

कुछ पल पश्चात फिर कहने लगे, "यह सब तुम्हारे और हिम वाला के आपसी जन्म जन्मांतर के प्रेम के कारण ही हुआ है।

तुम्हारे पूर्व जन्म में एक बार जब तुम्हारी मृत्यु के पश्चात हिम वाला ने आत्महत्या का प्रयास किया तो मैंने उसकी जान बचा ली थी। जिसके उपरांत से यह मेरे पास ही रही और मेरी सेवा श्रृषा की थी। जिससे प्रसन्न होकर मैंने उसके मनोबल को बढ़ाने और जीवन में उत्साह भरने हेतु इस के समक्ष जन्म जन्मांतर के भेद को प्रकट करने का निश्चय किया।

मैंने उसे समझाया कि कैसे तुम दोनों हर जन्म में एक दुसरे के साथ ही रहते आये हो और तुम्हारा दोनों का कई जन्मों का साथ है। हर जन्म में ही तुम्हारा आपस में मिलन हुआ है, चाहे तुम्हारा वो मिलन आयु पर्यन्त रहा हो या नहीं। कुछ ऐसा ही विधि का विधान रहा है।

यह हिम वाला ही हर जन्म में तुम्हारी प्रेमिका एवं तुम्हारी सहधर्मी बन कर तुम्हारे साथ साथ रही है। यहां तक कि हर जन्म में तुम्हारी हर

मृत्यु के पश्चात भी यह एक परी के रूप में तब तक तुम्हारे साथ ही रही है जब तक कि तुम्हारा पुनर्जन्म नहीं हो गया और उसके कुछ समय उपरांत ही हिम वाला ने भी फिर से पुनर्जन्म नहीं ले लिया।"

कहते कहते साधु महाराज कुछ पल के लिए रुक गए। फिर कुछ सोचते हुए कहने लगे, "तुम्हें यह सब सुनकर बहुत ही आश्चर्यजनक लग रहा होगा, क्योंकि अभी तक तुम इस पहेली को समझ सकने में समर्थ ही नहीं हो। इस विषय में तुम्हें कुछ भी मालूम नहीं है। यहां तक कि तुम तो इस जन्म को भी अभी पूर्ण रूप से नहीं जानते। तुम्हारा जन्म कब हुआ ? क्यों हुआ ? हिम वाला तुम्हारे साथ किस रूप में है ? वह छोटा सा बालक भी जो हर जन्म में किसी न किसी रूप में तुम्हारे साथ रहा है वह इस जन्म में किस रूप में तुम्हारे साथ है और क्यों है ? तुम्हारे माता पिता कौन हैं ? तुम कहाँ के रहने वाले हो ?

इस विषय में तुम्हें किंचित भी चिंतित होने की आवश्यकता नहीं। जैसे ही तुम अपनी दुनिया में पहुंच जाओगे तुम अपनी पूर्व की स्थिति में ही पहुँच जाओगे। तुम्हें उस दुनिया का सब कुछ याद आ जायेगा। अभी इस विषय में कुछ भी समझाने का कोई भी लाभ नहीं होगा।

फिर भी तुम्हें संक्षेप में ही समझा रहा हूँ। अब पुन: तुम जिस जीवन में प्रवेश करने वाले हो, वो तुम्हारे वर्तमान का जीवन है। इसमें स्नेहलता नाम की जो तुम्हारी प्रेमिका है वह हिम वाला ही है। यही कारण है कि अब वह तुम्हें नहीं दिखाई दे रही है, क्योंकि उसका पुनर्जन्म हो गया है।

इसके साथ ही तुम्हें यह भी बता दूँ कि कई जन्मों में तुम्हारे साथ

रहने वाला छोटा सा बालक भी तुम्हें इसलिए नहीं दिखाई दे रहा क्योंकि उसका भी पुनर्जन्म हो चुका है और वह तुम्हारे इस वर्तमान के जीवन में तुम्हारा अभिन्न मित्र सुमन पाल है।

यह जन्म जन्मांतर का खेल है। इसे समझ पाना सहज नहीं है। सभी तुम्हारी तरह से भाग्यशाली भी नहीं होते जो कि इसे जान पाए। वैसे तुम्हारे लिए भी सब कुछ जान लेने के पश्चात भी बहुत देर तक इसे याद रख पाना संभव नहीं होगा। तुम भी इसे कुछ ही दिनों में धीरे धीरे भूल जाओगे। हिम वाला जो इस जन्म में स्नेहलता है उसे तो वैसे भी कुछ याद नहीं होगा। तुम्हारे उसे लाख याद दिलाने की कोशिश करने पर भी उसे कुछ भी याद नहीं हो पायेगा। उसे यह सब उसकी मृत्यु पर ही याद हो पायेगा।"

कहते हुए साधु महाराज मेरे समीप आ गए। फिर उन्होंने मुस्कुराते हुए अपने कमंडल में से थोड़ा सा जल ले कर मेरी हथेली पर डाला, उसे मेरे पीते और आँखों के साथ लगाते ही उन्होंने मुझे आशीर्वाद देते हुए मेरे माथे पर दाहिने हाथ का अंगूठा रखा और एक तरह का तिलक लगा दिया। जिसके लगते ही मुझे एक प्रकार के तीव्र झंझावात का सा आभास हुआ और मुझे ऐसा लगने लगा जैसे कि मैं उस झंझावात में एक प्रकार से लुप्त होता जा रहा हूँ। मुझे अपनी कोई भी सुधबुध नहीं रही है। साधु महाराज भी मेरी दृष्टि के सम्मुख से ओझल होते जा रहे थे।

साधु महाराज की वाणी भी धीरे धीरे अब मुझे दूर से प्रतिध्वनित होती हुई सी प्रतीत होने लगी थी। जिसके साथ साथ ही मुझ पर एक प्रकार की तंद्रा सी व्याप्त होने लगी थी। फिर कब मैं बेसुध सा हो गया

इसका मुझे कुछ भी पता नहीं चल सका।

इसके साथ ही मुझे सब याद आ गया। मेरा बचपन ! स्नेहलता तथा मेरा साथ साथ खेलना। रूठना मनाना। शरारतें करना। फिर साथ साथ बैठ कर पढ़ाई करने बैठना और घंटों तक इधर उधर की बातें करते रहना। साथ साथ बागों में विचरना और फलदार वृक्षों से फल उतार कर खाना। तरह तरह के फूलों को तोड़ना। तितलियों तथा भंवरों के पीछे भागना। बचपन की सभी यादें मुझे स्मरण होने लगीं।

उस समय मेरी मस्तिष्क के चित्रपट पर मेरे अब तक के जीवन की दृश्यावली चित्रित होने लगी थी।

मेरी दृष्टि के सम्मुख स्नेह लता का बचपन उभर आया। नन्ही सी स्नेहलता। बचपन से ही हम साथ साथ ही खेलते हुए बड़े हुए थे।

स्नेहलता वैसे तो हमारे गांव की रहने वाली नहीं थी, किन्तु अपना ननिहाल होने के कारण आमतौर पर यहां ही रहती थी। नाना नानी के कहने पर स्नेहलता के माता पिता ने उसे यहां के ही स्कूल में दाखिल करवा दिया था। एक तो यहाँ पर स्कूल समीप ही था तथा दूसरा उसके हमउम्र बच्चों का भी साथ था। इसी से मेरा और स्नेहलता का बचपन से ही साथ था।

फिर धीरे धीरे हम युवावस्था में प्रवेश कर गए और हमें एक दूसरे से बेइंतहा प्यार हो गया। कब यह छोटी छोटी बातें ही हमारे प्यार का आधार बन गयी कुछ पता ही नहीं चला।

बस ! इसी प्रकार हमारी अठखेलियों में ही हमारा बचपन बीतता चला गया हमें पता ही नहीं चल सका। हमें पता तो तब चला जब हम इस प्यार के सफर में इतनी दूर तक आगे बढ़ आये थे कि यहां से पीछे मुड़ कर कुछ भी नहीं दिखाई देता था।

स्नेहलता की पढ़ाई भी पूर्ण हो चुकी थी। अब वह अपने गांव वापिस भी जा चुकी थी। हमारी मुलाक़ातें भी अब कम होकर विरह और तड़प में बदल चुकी थीं। उस समय मिलने के तथा बातचीत करने के भी सीमित ही साधन थे। फिर भी जैसे ही संभव हो पाता हम आपस में मिलते और भविष्य के सपने संजोते।

हमारे बचपन से लेकर अब तक के जीवन की ना जाने कितनी ही खट्टी मीठी यादें थी जो कुछ ही क्षणों में हेरे मस्तिष्क के चित्रपट पर चित्रित होती हुईं विलुप्त होती चली गई, यह मुझे भी स्मरण नहीं रहा।

अब तक हमारे माता पिता को भी हमारे प्यार का पता चल चुका था। उन्हें भी इससे कोई ऐतराज़ नहीं था। इसका एक कारण यह भी था कि हम दोनों के ही परिवार अच्छे तथा संभ्रांत परिवार थे। मेरे पिता बैंक मैनेजर सेवानिवृत्त हुए थे तथा माता अध्यापिका रही थी। स्नेहलता के पिता एक सैनिक अफसर रहे थे और वह भी कुछ ही समय पहले सेवानिवृत्त हुए थे। उसकी माता तो हालाँकि घरेलु महिला ही थीं किन्तु वह भी खुले विचारों की तथा एक समझदार महिला थीं। फिर जैसे ही मेरी नौकरी लगी तो उस समय तक स्नेहलता अपनी पढ़ाई पूरी कर चुकी थी। इसलिए हमारे दोनों ही परिवार के लोगों ने आपस में मिलकर विचार विमर्श किया और एकमत होकर हमारी प्रसन्नता को ध्यान में रखते

हुए हमारी सगाई कर दी।

उस समय हम दोनों ही कितने प्रसन्न थे कि हमारी प्रसन्नता का कोई पारावार ही नहीं रहा था। इस दृश्य की पुनरावृति से मेरे होठों पर जो मुस्कान फ़ैल गई थी वो मेरे जीवन में एक मानों अमृत रुपी माधुर्य घोल गई थी। जो मेरे लिए जीवन भर के लिए अविस्मरणीय था।

यह सारी दृश्यावली मेरी दृष्टि के पटल पर से कुछ ही क्षणों में चित्रित होकर लुप्त भी हो गयी।

मुझे होश उस समय आया जब मैंने किसी द्वारा अपने को झकझोर जाने का अनुभव किया। इसके साथ ही मुझमें चेतना का प्रादुर्भाव भी उत्पन्न होते हुए महसूस किया। मेरी आंखें स्वयमेव ही खुलती चली गई और हमने अपने आप को चारों ओर से ही तीव्र प्रकाश घिरा पाया।

इसके साथ ही मैंने अपनी दृष्टि के सम्मुख जो चेहरा देखा वो मेरी बहन का था। जो मुझे झकझोरते हुए कह रही थी, "भैया ! आप जैसा डरपोक भी शायद दुनिया में कोई नहीं होगा। उठो अब क्या हो गया था जो आप बेहोश होकर यूँ गिरे पड़े थे ?"

पल भर रुक कर ही उसने फिर कहा, "अब कुछ ही दिनों पश्चात आपकी शादी भी होने वाली है। भाभी को जब पता चलेगा कि आप इतने डरपोक हैं तो वह क्या सोचेंगी। वह भी आपकी हँसी उड़ायेंगी।"

अपनी स्थित का आभास होते ही मैं झेंप सा गया। ऐसा इससे पूर्व

भी मेरे साथ कई बार हो चुका था जब मुझे ऐसी ही परिस्थिति का सामना करना पड़ा था। जब मेरे परिवार वालों ने या परिवार के ही किसी सदस्य ने मेरा उपहास उड़ाया था। किन्तु अब इसमें मेरा तो कोई दोष नहीं था। यह सब तो प्राकृतिक था। इस सब पर मेरा कोई भी वश नहीं था।

चलो इसी कारण से ही सही ! मुझे एक रहस्यमयी यात्रा के माध्यम से सृष्टि के इस रहस्य को समझने का सुअवसर तो प्राप्त हुआ। जिसे समझने के लिए बड़े बड़े बुद्धिजीवी या संत महात्मा भी अपना पूरा जीवन उत्सर्ग कर देते हैं। इसलिए मैं अपने डर का भी बहुत बहुत धन्यवादी हूँ।

स्वप्न संबंधी विस्तार पूर्वक

जानकारी के लिए
अमेज़न, 'फ्लिपकार्ट, गूगल प्लेबुक्स पर
उपलब्ध।
'सपनों की दुनिया' पढ़ें।
स्वप्न हमें क्यों आते हैं?
देश विदेश के सुप्रसिद्ध स्वप्न।
क्या स्वप्न सत्य होते हैं?
अच्छे या बुरे स्वप्न।
स्वप्न लाभप्रद भी होते हैं।
सपनों पर नियंत्रण।
क्या स्वप्न अपनी इच्छानुसार देखे या सकते हैं ?

अदृश्य लोक (विश्लेषणात्मक)

अदृश्य लोक संबंधित
अद्भुत रोचक व विस्तृत विश्लेषणात्मक जानकारी
के लिए अदृश्य लोक पुस्तक अवश्य ही पढ़ें।
अदृश्य लोक क्या है व कहाँ पर है।
अदृश्य शक्तियां क्या हैं।
क्या अदृश्य शक्तियों से संपर्क संभव है।
अमेज़न, 'फ्लिपकार्ट, गूगल प्लेबुक्स,पर उपलब्ध।

लेखक की अन्य रचनाएँ

1.स्वप्न विश्लेषण (विश्लेषणात्मक)
2.सपनों की दुनिया (विश्लेषणात्मक)
3.सुहाने पल (काव्य संग्रह)
4.सफल जीवन (प्रेरणात्मक)
5.पल भर की छांव (अति रोचक उपन्यास)
6.अदृश्य लोक (विश्लेषणात्मक)
7.जीना इसी का नाम है (प्रेरणात्मक)
8.मैं साधु नहीं (विचारात्मक,आध्यात्मिक)
9.आप स्वयं को बदल सकते है (प्रेरणात्मक)
10.चांदनी (लघु उपन्यास)
11.आओ कुछ देर सोच लें (प्रेरणात्मक)
12.ऐसा होता तो नहीं (अति रोचक उपन्यास)
13.हवाओं का आंचल (सम्पादित,काव्य-संग्रह)
14.मरने से पहले (विचारात्मक)
15.डॉक्टर कसाई (कहानी संग्रह,डिजिटल)
16.स्वप्न संसार (विश्लेषण,डिजिटल)
17.हर वर्ष पुनर्जन्म (सत्य कथाएं,डिजिटल)
18.रहस्यमय यात्रा (रोचक एवं रोमांचक उपन्यास)
19.रात अकेली है (अति रोचक उपन्यास)
20.मृत्युजाल (जासूसी उपन्यास,शीघ्र प्रकाश्य)
21.ऐसा मेरे साथ ही क्यों होता है(प्रेरणात्मक,शीघ्र प्रकाश्य)

पल भर की
छांव
राज ऋषि शर्मा

ऐसा होता तो नहीं
राज ऋषि शर्मा

चांदनी
राज ऋषि शर्मा

रात अकेली है
राज ऋषि शर्मा

www.ingramcontent.com/pod-product-compliance
Lightning Source LLC
La Vergne TN
LVHW060123051026
849517LV00007B/2379